軍艦防波堤へ

駆逐艦涼月《すずつき》と僕の昭和二〇年四月

澤 章

栄光出版社

軍艦防波堤へ

――駆逐艦涼月と僕の昭和二〇年四月――

〔主な登場人物〕

ボク
父、母、姉
高橋くん（同級生、塾仲間、『一匹や銀蔵』の孫）
『一匹や銀蔵』の主人、女将さん
抹茶さん

平山艦長
倉本砲術長（ナンバー2、少佐）
小谷砲員長（←おんぼろスーパーの駄菓子屋）
大畑六郎（旋回手・一等兵曹←おんぼろスーパーの八百六）
浦川昌史（射手・二等兵曹←おんぼろスーパーの魚昌）
森銀蔵（砲塔伝令・一等水兵←『一匹や銀蔵』主人の父親）
宮田見張長
横溝伝令
三代原上等兵曹（機械室）

塾と鯛焼きとウォーターライン

山手線から西に延びる私鉄に乗って一つ目の小さな駅。そこが僕の町だ。

その夜も僕は、いつものように駅前の雑居ビル五階にある進学塾にいた。算数の授業、苦手な図形の授業があと十分で終わろうとしていた。確認テストを解くのを早々に諦めて指先でシャーペンをくるくる回していると、ポケットに忍ばせたケータイがぶるぶるぶるると三回震えた。

ホワイトボードに向かっていた松本先生がこっちをちらっと見た。僕はとっさに作り笑いを浮かべ、テスト用紙と格闘するフリをした。そして、机の下でケータイを音を立てずに開いた。四つ年上の姉からだった。

「きょうのお迎え、パパに変更。ママは仕事で遅くなるって。よ・ろ・し・く」

十分後、父はビルの入口に紺の背広姿で立っていた。そこが僕と父の約束の場所である。

「よっ」

エレベータから出てきた僕に父が軽く声をかけた。僕は塾仲間の高橋くんに「じゃあ」とあいさつをして別れ、父の後に続いた。

「腹、減っただろ」

「うん」

父はこんな時、決して「きょう、なに勉強した」とか「どうだった。月例テストできたか」などとは聞かない。父も四〇年近く前、中学受験を経験している。だから、僕の気持ちがよくわかるらしい。今では三大中学受験塾に成長した有名塾の創設期に通っていた父は湯船の中で昔話を得意げにしていた。

「それがさ、国道沿いの掘っ立て小屋みたいな教室でさ、なんかいつもションベンくさかったな」

今どき、そんな校舎じゃ生徒は集まらないけどね。

受験用にと買ってもらった、バンドが少しぶかぶかする大人用の腕時計に目をやると、午後九時を少し回っていた。僕と父は店じまいをはじめた鯛焼き屋に飛び込んだ。団塊の世代と思《おぼ》しき女将《おかみ》さんがマニキュアでデコレートした指を器用に動かして、鯛焼きをわら半紙に包んでくれた。

「はいよ、本日最後の二匹ね。遅くまでご苦労さん。でも、あんまり小さいうちから頭使いすぎると、あとで息切れしちゃうよ」

女将さんの横で店の主人が黙々と店仕舞いの準備をしている。屋号は『一匹や銀蔵』。時代劇にでも出てきそうな名前は、たぶんご主人の名前なんだろう。

僕が出来たてを頭からほおばりはじめると、父がもじもじしながら話しかけてきた。

「あのさあ、お前、今度の夏、どこに行きたい？」

（なんだよ、藪から棒に）

「どこでも……」僕は気のない返事をした。

「そう言うなよお、今度がラストチャンスかもしれないんだぞ、親子旅行。なっ、どこにする。行きたいとこ、言ってみろよ」

「どこでもいいよ、どこでもついて行くよ」

（ああ、帰ったら、夕飯食べて風呂入って、きょうの宿題やって、ぜんそくの薬飲んで……）

僕はうわのそらで答えた。


翌日、六年二組の教室には、ちょっとした人だかりができていた。中心に塾仲間の高橋くんがいた。彼は鯛焼き屋さんの孫なのだけど、訳あってお母さんと二人切りで近くのマンションに住んでいる。でも、その訳を僕は聞いたことがない。

彼の机の上には、一／七〇〇スケールのウォーターラインのプラモデルが所狭しと並べられていた。真ん中にひときわ大きな船があった。

（戦艦大和ね）

それぐらい僕でも知っているさ。周りの船はといえば、最新鋭の軍艦もあれば、アニメに出てきそうな場違いなフィギアもある。宇宙戦艦ヤマトは、ちゃっかりほんものの大和のすぐ隣に置かれていた。この不統一感は高橋くんならではだ。

彼は自他共に認める軍事オタク。得意分野は軍艦や戦艦。

僕ら六年男子はアニメ系、スポーツ系、電車系、囲碁将棋系といった具合にいくつかのグループに分かれて群雄割拠している。もちろん軍事部門は彼一人だけ。超マイナーだけど、その分一目置かれてもいる。きっときょうも、戦艦大和の最後の様子でも語っているのだろう。

「時は昭和二〇年、春真っ盛りの四月七日……」

（ベンベンベン、と……）

僕らにとって、太平洋戦争は歴史の教科書で教わる出来事のひとつだ。関ケ原の戦いや日清日露戦争と大して違いがあるわけじゃないし、そもそも授業は、第二次世界大戦までとてもたどり着かない。それに、歴史上の戦争は他にもごまんとある。

得意げに話していた彼の目が誰かを捜し始めた。

（ヤバイ）と思った瞬間、彼の視線が僕を捉えた。

「おーい、ちょっと聞いてけよ」

「だめだめ、トイレ、トイレ」

「では問題で～す」

(ちぇっ)

僕の言葉なんかぜんぜん聞いてない。

「世界で初めて大和が船の先端に装備したものは何でしょう？」

(あン？　何それ。中学入試に出そうにないな、パ～スっ)

そのとき、遠巻きにしていた数人の女子が金切り声をあげた。

「いーけないんだあ。学校に私物、持って来ちゃいけないんだよお」

「先生～。先生～」

「うるさいな、女子には関係ないじゃん」

高橋くんが反撃に出た。いつものいざこざが始まった。

僕は、この混乱に乗じてその場を離れ、校庭のドッヂボールの輪に加わった。

おんぼろスーパー

放課後、正門をくぐったところで後ろから高橋くんが声をかけてきた。

「おい、例のとこ、寄っていこうぜ」

休み時間のことなどまったく気にしていない様子だ。

「きょう、塾だろ、大丈夫かよ」

「ちょっとだけ、ちょっとだけって」

高橋くんは、年季の入ったランドセルを揺らしながら走り出した。手にしている紙袋もいっしょに揺れた。僕は船の模型が壊れやしないかと少し心配になった。

目的地は、駅前商店街の外れにあるスーパー。と言っても小奇麗なスーパーマーケットを想像しちゃいけない。平屋のトタン屋根の下に、数軒のお店が肩を寄せ合う通称「おんぼろスーパー」だ。略して「ぼろスー」。コンビニや百円ショップ、ファストフード店に占領された商店街の中で、その一区画だけが霞《かすみ》がかかったようにくすんでいる。昭和の時代をひとりで背負って意地を張っているようにも見える。

八百屋、魚屋、花屋、そして、僕たちのお目当ては一番奥にある駄菓子屋だ。背中の丸まったおばあさんが座布団にちょこんと座って店番をしている。僕はチューインガムの当たり券をポケットから取り出して、新しいガムと交換してもらった。高橋くんは、店先の十円で五発打てる手動式のパチンコもどきに挑んでいた。

店の続きの奥の部屋には介護ベッドがでんと置いてあって、痩せこけたおじいさんが横たわっている。天井からぶら下がったお菓子やおもちゃの隙間から、枕にうずくまった横顔が見えた。特徴のある鷲鼻の左右に頬骨が思いっきり突き出ている。時々ゴホゴホと咳をしなかったら、生きているのか死んでいるのかさえわからない。

(それはそうと、きょうは何にしようかな)

一回五十円のくじ引きを引いた。四等の缶バッジだった。おばあさんが歯の欠けた口を真横に広げてにっと笑い、ニコちゃんバッジを僕に手渡した。

「おっと、そろそろ時間だ」

高橋くんはそう言うと、僕に撤収の合図を送ってきた。

出口の方向に振り向きざま、僕は誰かにぶつかった。僕もよろけたが、ぶつかった相手は僕以上によろよろと後ずさった。よろけたのは介護ベッドで寝ているはずのあのおじいさんだった。

痰の絡まった喉をごろごろ鳴らしながら、無言で「ほれっ」と言う具合にあごをしゃくった。僕は無意識に両手を前に差し出した。その手に砂ぼこりを被ったプラモデルの箱がぽんと置かれた。

「な、何ですか、これ?」

僕はとっさに質した。だが、質問を投げかけた相手はもうそこにはいなかった。奥から咳き込む声が聞こえるだけ。狐に摘まれたみたいだった。箱には軍艦の絵とともに「SUZUTSUKI」と書かれていた。

「何それ？」

高橋くんが口を挟んできた。箱に視線をやると、一瞬ドキッとしたような表情を浮かべたが、すぐにいつもの顔に戻って大声を上げた。

「おおオ、すずつきぃ。レアもんじゃん。奇跡の駆逐艦じゃん。ちょっと貸してよ」とひとりではしゃぎはじめた。

（す・ず・つ・き……）

どこかで聞いたような気がするんだが、すぐには思い出せない。

「これ、大和を護衛した船だぜ」

「あ、そうなんだ」

「そうなんだ……じゃないよ。もっと感動しろよ」

「ああ、わりい」

（たしか、あのとき……）

「すげえ、すげえ」

（すずつきって言っていたのは……）

「…わかったよ。おまえ、ほしいんだろ。持ってけよ」

僕は高橋くんにプラモの箱を渡した。

「え、いいの？　ホント？　いいのっ。おぬし、太っ腹ぁ〜」

飛び上がって喜ぶ高橋くんを尻目に、僕はスーパーの出口に向かった。脳裏には、きのうの晩の光景が蘇っていた。二階の食卓で母と父がひそひそ話をしていた。

「やめときなさいよ、平山の曾おじいちゃんのことでしょ、あの子、関心ないわよ」「そぉかぁ、そんなことないよ」「ないない、絶対。第一、受験勉強はどうするの？」「土日一回ぐらい、塾休んでも大丈夫だろ。遅れはすぐに取り戻せるって」「何言ってるのよ、松本先生になんて言い訳するの？　そうでなくても、あの子、遅れ気味なんだからね」「でも、すずつきに会えるチャンスなんだぞ、わかってくれよ。それに、おれ、このところ毎晩、変な夢見るんだよ」「何それ？　曾おじいちゃんと関係ないでしょ」「それが大アリ。ぼろぼろの軍艦が出てくるんだ。きっとすずつきだと思うんだよ。だから、すずつきの所に行かないと寝起き悪いんだよ」「ったく、いっつもこうなんだから。自分で勝手に決めちゃって。もう、知らないからね」

最初小声だった母の声は、いつの間にか大音量に変わっていた。

（あの時、父が口にした「すずつき」があのプラモのSUZUTSUKI……。とにかく、塾から帰ったら父に確かめなきゃ）

おんぼろスーパーの扉の向こうから西日が差し込んでいた。その両側には、魚屋と八百屋が向かい合っている。屋号は魚昌と八百六。魚屋の昌じいも八百屋の六さんも、とっくに八〇歳を過ぎているが、ふたりとも背筋がシャキッと伸びて威勢がいい。母は「夕方六時に閉まっちゃうのって困るのよねえ」といつもこぼすが、品物の良さに引かれて毎週土曜日にまとめ買いするお得意さんなのであった。

「アジの良いのが入ってるって、お母さんに言っといてよ〜」

魚を古新聞で包むとき指先をペロッとなめる癖のある昌じいが、巨体を揺らしながら話しかけてきた。二年生のころまで僕は、土曜の午後になるとママチャリの前後に姉と一緒に乗せられて母の買い物に付き合わされていた。だから、昌じいと六さんとは幼なじみのようなものだ。母が姉と品定めをしている間、僕は店先をうろついては果物とかに手を出して、スキンヘッドの六さんにやんわりと注意されたりしていた。

その六さんも昌じいに負けてはいない。小柄だががっしり引き締まった体格。だみ声で自分のお店の宣伝をはじめた。

「この間のほうれん草、どうだった？　一週間は持ったでしょ。うちの野菜は活きが違うからね〜。土曜日、待ってるよ」

僕は、張り合うふたりに生返事をしながら表通りに出た。後ろから高橋くんが少し遅れてついてきた。おい、急ごうぜ、と声をかけようと振り向いたときだった。昌じいと六さんの視線が同時に高橋くんが手にしたプラモの箱に注がれた。ほんの少し、ふたりの目の奥が鈍く光ったように見えた。しかし、それ以上のことは何も起こらなかった。

僕は高橋くんと塾に急いだ。

父子旅行

この日の夜、塾のお迎えはなかった。

ひとりで『一匹や銀蔵』に立ち寄って、鯛焼きを一匹頼んだ。二夜連続の来店は珍しかったせいか、女将さんに（おや？）という顔をされた。

「きょうはひとり？」「はい」「お父さんは残業？」「たぶん」

僕はそう言い終わって店を出ようとして足を止めた。前から気になっていた質問を思い切ってぶつけてみようと思った。

「あのお」

「なあに？」

「銀蔵って、おじさんの名前ですか」

「！」

女将さんは不意を突かれたようだった。

「……ね、江戸時代みたいでしょ。よく聞かれるのよ。でもね、あの人の名前じゃないの。

実はね……」

そう言いかけたとき、店の奥から噂のご主人が「おおい、ちょっと」と声をかけてきた。

「は〜い。あ、悪いはね。続きは今度」

女将さんは踵を返して店の奥に引っ込んでしまった。

（まあ、いいか）

店先にぽつんと取り残された僕は、鯛焼きにがっつきながら家路についた。


午後十時半。

風呂から上がって歯を磨いていると、父が帰ってきた。夕飯は外で食べてきたらしい。どうせ、また、牛丼でもかき込んできたのだろう。息が牛丼臭い。

「お、まだ起きてたのか。ちょうどよかった、例の旅行のことなんだけどさ、どこ行きたいか考えたか」

「ううん」

「そっか。どこにするかな。東北か。東北なら三内丸山だな。縄文文化に触れるいい機会だぞ、十和田湖もあるし。それとも中部日本。黒部ダム、行ってみたいだろ。ええと、裕次郎だったよな、たしか。あ、そう言えば九州はまだ行ってなかった。佐賀の吉野ケ里はすごいらしいぞ。ついでに太宰府天満宮で合格祈願ってのはどう？　お、これ、いいねいいね、一石二鳥」

父が一気にまくし立てた。

「よしっ、これで決まりだ」

「最初からそのつもりだったんでしょ」

「ぇ？　や、そんなことないさ」

父が怯《ひる》んだのを見て僕は例の件を切り出した。

「あのさあ、すずつきって何？」

僕がぶっきら棒に聞くと、父の顔が真顔に変わった。

「ほぉ、何があった」

「ぼろスーに、すずつきのプラモがあったんだ。店のおじいさんが見せてくれた」

「そうか。そんなところに船の模型があったか。デッドストックってやつだな」

父はそう言うと、唾を飲み込んだ。

「ちょうどいい、おまえにちゃんと話しておくよ、すずつきのこと。それに旅行とも関係あるしな。おまえ、おじいちゃんちの畳の部屋、知ってるだろ」

「うん」

「あそこに軍人さんの写真が飾ってあるだろ」

「うん」

「おまえの曾おじいちゃん。平山敏夫っていう」

「それぐらい知ってるよ」

父の実家には年に二、三度行く。

数年前までは曾おばあちゃんもいた。おばあちゃんのお母さんだった人だ。僕たち家族用に割り当てられる普段は使われていない和室は、いつもカビのにおいがした。視線を斜め上に上げると、古めかしいモノクロ写真がこれまた古めかしい額縁に収まっているのが目に止まった。なんだか恐くて、見てはいけないもののように思えて、できるだけ写真と目を合わさないようにしていた。

「実は、あの写真の人物がプラモデルの……」と言いかけた父の言葉を僕がつないだ。

「あのプラモの船に乗ってたってこと？」

「そのとおり。でもピンと来ないか。来ないよな、会ったことないんだもんな」

「高橋くんが言ってた」

「ん、高橋くんが？」

「うん、すずつきって戦艦大和と関係があるって。大和といっしょに戦死しちゃったの？曾おじいちゃん」

「いや、パパが小学生のときまで、あの家にいっしょに住んでたよ。ちょうどパパがおまえの年頃だったな。中一の夏に亡くなった」

　父はここで、ひと呼吸おいた。

「それでだ、ここからが本題なんだが、今度の旅行は、そのすずつきに会いに行くぞ」

　そう言われても僕には父の意図が飲み込めなかった。

「どういうこと？　九州に行くんでしょ」

「ま、行ってみればわかるさ」

　父の答えは思わせ振りだった。

　すると、キッチンカウンターの後ろにいた母が僕らの会話に割り込んできた。

「あらあら、旅行の行き先、決まったみたいね。今回はパパにつき合ってあげてね、曾おじいちゃんのこともあるし」

（なあんだ、かあさんもグルってことか）

「その代わり、帰ってきたら猛勉強だからね、覚悟しておきなさいよ。あなたは受験生なんだから」

　母は人差し指を立てて僕の顔の前に突き出した。

　そしてトドメは、パジャマ姿の姉だった。

「なになに。またパパとお出かけ？　仲良しでいいわね。でも、変なおみやげねだって、変なものを買ってくるんじゃないよ、わかったわね」

　姉にはこっちの魂胆が筒抜けである。

（それにしても、父と旅行か……）

父とは四年生のとき、釧路湿原をカヌーで下り知床半島の付け根を遊覧船で回った。五年の夏休みは、鳥取砂丘と水木しげるロードで有名な境港を訪れ、締めは出雲大社参拝だった。そして今回、父は息子の小学生最後の年に相応しい二人旅を企画した。

一年後、僕が中学生になれば、思春期だか反抗期だかがやってきて、父親といっしょに旅支度をすることもなくなるだろう。ラストサマーバケーション。すずつきのことを差し引いたとしても、父の気合いの入れようがわからないでもなかった。

抹茶とアールグレイ

ひとりで勝手に旅行先を決めて、挙げ句は曾おじいちゃんのすずつきに会いに行くぞと宣言した父は、以来、パソコン嫌いを返上して夜な夜なパソコンの画面に向かい、一心不乱にメールを打つようになった。その相手が抹茶さんと名乗る人物だった。もちろん本名じゃない。インターネット上のハンドルネームだ。

抹茶さんは自作のホームページを開設していて、そのなかに『軍艦防波堤』という一風変わったタイトルのページがある。軍艦防波堤と言っても、軍艦の形をした防波堤じゃあない。戦争で使われていた軍艦を防波堤代わりに、港に置いたり埋めたりしたものだそうだ。

なぜそんなことをしたかというと、六〇年以上前、日本は戦争に負けて（それぐらいは僕だって知っているさ、塾で習った）、連合軍（≒アメリカ軍）に占領されて、食べ物にも事欠く状態だった。当然、港を整備する物資なんかあるわけない。そこで、用済みになった軍艦を平和利用することになった。だいたいそういうことらしい。

「日本はアメリカにコテンパンにやられたんだ、そのことを忘れちゃいけない。ひどいやられ方だ。なぜ負けたか、なぜ戦争をはじめちまったかってことを考えろ。負けたあと、日本がどうなったかをしっかり見ろ。それが勉強ってもんだ」

父が僕に歴史の勉強を教えてくれるときのこれが決めぜりふである。

中学受験には、意外と明治以降の歴史も出題される。学校によっては、新幹線開通や大阪万博まで出たりする。でも、さすがに戦争の細かい中身や占領の話は出てこない。それでも父は、昭和史になると俄然熱くなる。

「戦後、戦後ったって、ベトナム戦争や湾岸戦争のあとを言ってるんじゃないからな。日本人にとっての戦後は、太平洋戦争後のことだからな」

教えるというより自分に言い聞かせているみたいだ。ぜんぜん受験勉強には役立たないし、日本が負けたのは単に戦闘パワーがゼロになったからじゃないのかな。でも、父の少し潤んだ目に免じて、ここは許してあげよう。

福岡県北九州市若松区、そこが「軍艦防波堤」の所在地だ。

洞海湾を臨む岸壁に、三隻の軍艦が人知れず埋められている。駆逐艦「柳」、そして昭和二〇年四月、戦艦大和を護衛してともに戦い、沖縄を目指した二隻の駆逐艦、「涼月」と「冬月」だ。

「すずつき……。軍艦の名前とは思えないほどきれいな名前だろ。そう思わないか、おい」

父は僕に同意を求めてくるが、確かにその名前を口ずさむと、夜空に凛とした月影が浮かんでくる。

高橋くんも話していた。

「日本の軍艦や戦闘機の名前は、日本の自然から取ったものが多いんだ。えらい人の名前をそのまま付けて有り難がっているアメリカとは大違いさ。もともとの感性が違うんだよ」

高橋くん自身が「感性」と言う言葉に酔っているようだったが、言いたいことはそれなりに伝わってきた。

月の名前を冠した駆逐艦は、秋月型と呼ばれる当時の最新鋭艦で、全部で十二隻建造された。佐世保鎮守府所属の涼月と横須賀鎮守府所属の冬月は、沖縄に赴くときも同じ第四十一駆逐隊の僚艦として最後の最後まで姉妹のような関係を貫いた。

若松区の軍艦防波堤のことは、これまでにも何度かテレビや新聞で取り上げられているが、地元でも詳しい事情を知る人は少ない。それがまた、抹茶さんを突き動かす原動力になっているみたいだ。そう、抹茶さんの正体は、地元で軍艦防波堤の維持・保存・普及活動に奔走している人なのだ。

父は、なにかのきっかけで抹茶さんのことや軍艦防波堤のことを探り当てた。それが全ての始まりだった。ふたりの往復書簡をこっそり覗いてみることにしよう。

まずそれは、父からのかしこまったメールで始まっている。

From：アールグレイ（※これが父のハンドルネームだ）
To：抹茶
Date：Mon,21 Jul　21:55:03
抹茶さま
はじめまして、私、東京都S区在住のアールグレイと申します。
以下、突然のメールをお許しください。
抹茶さんのホームページ（特に軍艦防波堤の項）を大変興味深く、また感慨深く拝見させていただきました。
私の祖父は駆逐艦涼月の関係者でした。もう三〇年以上前に他界しましたが、幼い頃に涼月のことを何度か聞いた記憶があります。

涼月の名は頭の片隅にずっと引っかかっていたものの、何をどうするわけでもなく、月日だけが流れて、私自身、今年で五〇歳になります。

だからという訳ではないのですが、死ぬまでに祖父の足跡を辿ってみたいという思いがふつふつと湧いてきまして、思い切ってメールを送らせていただいた次第です。

来月末、所用で北九州方面に行く予定があり、小学六年の息子と軍艦防波堤をこの目で見てみたいと考えています。

ホームページ掲載の情報を頼りにタクシーを飛ばそうと思っていますが、現状はどうなっているのでしょうか、近づける状況なのでしょうか。

何かご存じのことがありましたら、是非お教えください。

また、軍艦防波堤に限らず、涼月に関する情報等をお持ちでしたら、ご教授願えればと存じます。

ぶしつけなメールをお送りし、たいへん申し訳ございません。

以上、よろしくお願い致します。
※父の名前と住所、電話番号が記載
From：抹茶

To：アールグレイ
Date：Tue,22 Jul　22:06:57
初めまして。抹茶です。
二、三日家を開けていて、今しがたメールを拝見いたしました。
お返事遅くなりました。ご丁寧なご挨拶、ありがとうございます。

月末においでになるとの事。

私の知っていることはできる限りお伝えいたしたく思います。

まず、予定に影響しそうですので、取り急ぎ以下の点をお知らせします。
◇軍艦防波堤に入る方法
軍艦防波堤付近は現在工事中のため、残念ながら土日は近づけません。

月曜から金曜の九時から五時ぐらいであれば、工事現場が開いています。

その間なら事前に連絡をいれておけば、気持ちよく案内してもらえます。

かつては誰もがいつでも近づけましたが、現在はトンネル工事のため、フェンスに囲まれてしまい許可なく立ち入ることが出来ません。

現場事務所への連絡は電話番号が分かり次第お伝えします。

直前の電話でも見学できますが、たまに大規模な工事をしている場合もあるので、一週間ぐらい前までに連絡されることをお勧めします。

◇駆逐艦「涼月」の現在位置、写真資料
「涼月」と「冬月」は、戦後に設置され、しばらくして大型台風で崩壊しました。

やむなくコンクリートに埋められ、現在は姿を視認することはできません。

涼月の真横の駆逐艦「柳」のみが視認できます。

涼月の真上に当たる場所には、現在トンネル工事のための仮設橋が設置され、資材などが置かれています。

涼月の位置については、ホームページに戦後の工事の図面、在りし日の写真などを掲載しています。大変貴重な資料です。是非ご覧下さい。

近いうちにまたご連絡いたします。

From：アールグレイ
To：抹茶
Date：Wed,23 Jul　23:33:19
抹茶さま
詳しいメールをありがとうございます。
まずはじめに、私の予定を申し上げます。
八月三〇日（土）に佐賀で用事を済ませ、夜は博多に宿泊します。

翌三十一日（日）、早朝に太宰府天満宮に立ち寄り、昼前には小倉に到着する予定です。

土日は閉鎖されているとのこと、残念ではありますが、私自身、クルマの運転をしないので、タクシーを使って少しでも近づいてみようと考えています。

そしてこの日の夕刻、北九州空港から帰路につきます。

いずれにしても、かなりの強行軍になりますが、軍艦防波堤のために出来る限り時間を費やしたいと思います。

自己紹介が後になってしまいました。

私の祖父のことを申し述べます。

最初のメールで「涼月の関係者」と書きましたが、祖父の名は平山敏夫といい、涼月の艦長をしておりました。

沖縄特攻の際、戦艦大和を護衛したときの艦長です。

平山には一人娘がおり、それが私の母です。敏夫の一文字をもらって「敏子」と言います。

私自身、幼い頃、祖父から海軍の刀剣や勲章を見せてもらった記憶があります。

また、足に銃弾の破片が入ったままになっているのをおもしろおかしく話してくれもしました。が、戦争のことはほとんど話すことなく、私が中学一年生の夏、あっけなくこの世を去りました。

葬儀に海軍関係者の方々が多数参列されたのをうっすらと覚えております。

ただ、祖父の死後、関係者の方々との連絡も途絶えがちになり、祖母も三年前に亡くなった今では、音信不通の状態です。

なにをいまさらとお思いになるかもしれませんが、自分の子供が大きくなるにつれ、何かを彼らに伝えなければならないと使命感のようなものがこみ上げてきているのも事実です。

今回の旅行が何かのきっかけになれば、こんなに嬉しいことはありません。

なお、八月三十一日（日）の件ですが、初めての土地で限られた時間のなか、目的を達することに多少の不安を覚えてもおります。

もし抹茶さまのご都合がつけば、当日のご案内をお願いしてもよろしいでしょうか。

見ず知らずの者が頼める義理ではないのは百も承知ですが、なにとぞご検討ください。

From：抹茶
To：アールグレイ
Date：Fri,25 Jul　00:17:40

アールグレイ様

驚きました。艦長のお孫さんとは。

八月三十一日、是非案内させてください。こちらからお願いしたいくらいです。

とりあえず予定が立ちやすいように、こちらでスケジュールを組んでみます。

詳細はまた後日連絡を取りましょう。

どうぞ気をつけておいで下さい。


「……とまあ、そういうわけさ」

いつの間にか、僕の後ろに父が立っていた。

「なるほどね」

僕の両肩に両手を乗せた父を振り返って言った。

「曾おじいちゃんがどういう人だったのか、メールを読んで少しはわかったよ」

父の目論見がやっとつかめてきた。

親子旅行にかこつけて僕をはるばる北九州の軍艦防波堤に連れて行く。そして涼月の埋まっている現場を見せる。なぜなら、僕の父のおじいちゃんが駆逐艦涼月の艦長で、つまり、僕の血の八分の一は平山艦長から受け継いでいるから。

そうならそうと早く言ってくれれば良かったのに。なんだかすげえと思わないでもない。

高橋くんにちょっとは自慢できるかな。

（でも、待てよ）

僕には父方のおじいちゃん（呉服屋の次男坊。まぐれで陸軍幼年学校に受かったとよく話してくれる）の血も流れているし、母は福島いわきの出身だし、結局、まったく異なる八分の一が八種類組み合わさって僕が出来上がっている。だから、どの八分の一がすごくてどれがそうじゃないということは簡単には決められないような気がする。

それに、八分の一の現れ方には強弱がある。

姉は見た目は母だが、中身は父に近い。「気が回りすぎて損だよな」と、父は同類相憐れむように姉のことを話す。

逆に僕は、外見が父で性格的には母っぽい。切れ長の眼と絶壁頭は祖父、父、僕と、三代続けて我が家の目印になっているが、「俺は、お前ほどおおざっぱじゃない。お前はママ系だよ」と父の評価は手厳しい。

母は「足して二で割ったぐらいがちょうどよかったのにねえ、どっちも」と嘆くけど、現実は算数の問題みたいにスパッとは割り切れない。ブレンドの調合は神のみぞ知る。いや、気まぐれといったほうがいいかもしれない。

考えてみれば、僕の根っこはどこにあるんだろう。二分の一、四分の一、八分の一、さらに遡って、十六分の一、三十二分の一……。僕はどんどん拡散していって、仕舞いには、僕が誰なのか、誰が誰なのか、何が何だかわからなくなってしまう。

でも、逆に考えれば、今ここに僕がいるということは、誰かが過去にいたからだ。それも綿々といたからだ。そのつながりをたぐり寄せれば、歴史上のあらゆる時代あらゆる場所に辿り着けるのかもしれない。つまり、この世に自分と無関係なことなんて、ほんとうは何一つないのかもしれない。

ちょっと飛躍しすぎたかな。

スティック・シュガーと缶バッジ

八月最後の週末は、あっという間にやってきた。

土曜に佐賀入りした僕と父は、有明海のムツゴロウを遠くから眺め、佐賀城址を経由して吉野ケ里公園で勾玉づくりなどに興じ、その夜は韓国人と中国人でごったがえす博多のホテルに一泊した。

日曜日の正午過ぎ、早朝に駆け足で太宰府天満宮にお参りを済ませた僕と父はＪＲ博多駅にいた。博多・小倉間は在来線だと小一時間かかるが、新幹線を使えば十六分で済む。

「がらがらだね」

「そうだなあ。途中から乗ってくるんじゃないか、東京までは長いし」

乗客がまばらな車内を見渡した父は、後ろに客の居ないことを確認すると思い切り背もたれを倒した。僕はといえば、駅構内の本屋で買ったホラー小説を開き寸暇を惜しんで読書にいそしんだ。Y・Y氏の文庫書き下ろしのページをめくりながらちらっと父の顔を伺うと、少しこわばって見える。

これから小倉駅で会う抹茶さん夫妻とは、まったくの初対面だ。緊張するのも無理はない。父子旅行のクライマックスが近づいていた。


博多発の新幹線を一つ目の駅で降りる客はほとんどいなかった。

プラットホームから階段を降りると、改札の外に中年の男女が背伸びをしてこっちをきょろきょろ見ている。

たぶん、あの人。

おっと、目が合った。抹茶さん夫婦に間違いない。

改札を抜けた父が最初に声をかけた。

「はじめまして、どうも、こんにちは。一か月前まではこんなことになろうとは夢にも思ってませんでした。どうぞよろしく」

「いえいえ、こちらこそ。疲れたでしょ」

「いいえ。あ、これが息子です」「よく来たね」「はじめまして」

しゃがんだ抹茶さんに、僕はペコリと頭を下げた。

僕と父は促されるままに、駅前の駐車場に止めてあった抹茶さんのクルマに乗り込んだ。

最初の目的地は、高塔山の中腹にある「慰霊碑」。

小倉区から若松区へは、有料道路をとばして赤い若戸大橋を渡る。慰霊碑への道筋は地元の人でないとわかりづらい。細く曲がりくねった上り坂をしばらく進み、登り切る手前で裏に回り込むように下っていく。

少し進むと右手に大きな空き地が広がっていた。崩れかけた階段が五段。その上に広がる夏草を踏みしめ、左奥に進むと慰霊碑が現れた。

正面に駆逐艦柳、凉月、冬月の略歴が刻まれている。かつては毎年、戦艦大和が沈没した四月七日に乗組員の人たちが一同に会していたという。その際に旭日旗を掲揚した鉄柱が碑の右手前に立っていた。

僕は父といっしょに手を合わせた。その後、父は慰霊碑の周りを何度も行き来して写真を撮っていたが、急に「あれっ？」という場違いな声をあげた。

「写ってないぞ。カメラの調子、悪いのかな」

（デジカメでそれはないでしょ）と思ったが、僕はいちおう「どうしたの？」と心配を装って父の元に近づいた。

デジカメをのぞき込むと、たしかに変な画像だった。慰霊碑の全体像がぼやけて何が写っているのかわからない。よく見ると、左後方奥に青白い人影のようなものが写っていた。

「何でしょうね、これ」

遅れてやってきた抹茶さんに、父が画像を見せながら問いかけた。

「どれどれ……。ああ、出ましたか、やっぱり。おふたりが呼び寄せちゃったかな」

抹茶さんが変なことを言い出した。

「ど、どういうことですか？」父が思わず聞き返す。

「いえね、時々出るんですよ、ここ。私、小さいときによくここでサッカーやって遊んでたんですけど、そんな時も誰かに見られてるなって思って振り向くと、慰霊碑の陰にぼーっと男の人が立っているんですよ、ちょうどこんな感じで」と、抹茶さんがデジカメの画像を指差した。

「そうなんですか」

「ええ。でも、次の瞬間にはもういないんです、消えてるんです」

「そうですか」

「まあ、ここは大勢の方々の思いが凝縮された特別な場所ですからね。それに、艦長のお孫さんと曾孫さんでしょ、引きつける力はかなり強烈でしょうから」

抹茶さんは、原因を突き止めた科学者のように得意げだ。

「そういうもんでしょうか、なるほど」

父は妙に納得してしまっている。

（「なるほど」、じゃないよっ）

怪談話は苦手だ。夜、ひとりで眠れなくなる。曾おじいちゃんならまだしも、見ず知らずの人が出てくるなんて勘弁してほしい。

「でも、見てるだけですから、何もしませんから。ほんと、大丈夫ですよ」

抹茶さんは僕たちを気遣うように言ってから、話題を変えた。

「そうだな……。少し早いですが、そろそろお昼にしませんか。レストランに予約入れておきましたから」

クルマのほうに歩き始めたときだった。

背中に視線を感じ、僕は振り返った。慰霊碑の後ろの大木の陰に、青白い影の男が立っていた。背筋が冷たくなった。僕は父親のシャツのすそを引っ張った。

「何だよ？」と父が僕のほうを向いたときには、もう男はいなくなっていた。

何もない埋め立て地の道を十分ほど行くと、椰子《やし》の木が並ぶ整備された道路に出た。その奥にある南国風の店にみんなで入り、スパゲッティのランチセットを注文した。

ミートスパゲッティを食べ終わった僕に、抹茶さんは待ってましたとばかりに話しかけてきた。

「ねえ、高角砲って知ってるかな、涼月の」

いきなり話がきな臭い。

「あ、知らないか、無理もないよね」

彼は、やおらコーヒー用のスティック・シュガーを持ち出し、それを砲身に見立てて説明をはじめた。

「まっ、とにかく、これが軍艦の大砲だと思ってね。涼月に装備された長十センチ高角砲っていうのはね、第二次世界大戦当時、日本の最先端技術を集めて作られたんだ。それまでの大砲は上に曲がってもせいぜい七〇度ぐらいまで。ってことは、ほら、真上から攻めてくる敵の戦闘機を攻撃できないでしょ」

スティック・シュガーを上下にクニクニと曲げたかと思うと、片方の端をテーブルに固定してからもう片方をゆっくり持ち上げた。

「ところが涼月のは、九〇度以上曲がった。ほら、こんな具合。しかも砲身の長さが七メートル近くもあった。弾は上空一万三千メートルまで届いたんだって。それってもう成層圏だよね、びっくりだね」

熱の入った抹茶さんは、僕が手の中で転がしていた例のニコちゃんバッジを見つけると「それ、ちょっと貸してみて」と言い、バッジを戦闘機に模して熱弁を続けた。

「うい〜ん。ダダダダダ」

缶バッジをテーブルの上空で水平に動かしながらスティックの先を真上に上げた。そして、バッジをひらひらとテーブルに落とした。抹茶さんの「ね」という同意を求める視線に対し、僕は目をことさら大きく見開いてみせた。

「でも弾が届くまでには時間がかかるから、遙か上空を飛んでいる戦闘機を打ち落とすのはけっこう難しかったと思うよ。で、涼月のスゴいところがもうひとつ。ま、こっちのほうがすごいんだけどさ」

抹茶さんは、スティックを立てたまま一回転させた。

「砲台は三六〇度回転する。するとどうなる？　ぐるっと回ったときに間違って自分の船体を撃っちゃうかもしれないでしょ。でも、涼月は自動制御で弾が出ないようになっていたんだ。これも当時の超ハイテク技術。今で言えば、う〜ん、そうだな。スペースシャトルのような船だったんだよ、涼月って」

抹茶さんはいったん言葉を結んでから、「さてと、説明はこれぐらいにしようか。ありがとね」と言って、僕にバッジをぽんとトスした。僕はまだ、背中にへばりついたあの男の視線を拭い切れずにいた。

父と抹茶さんは食事後も時間を惜しむように情報交換に勤しんだ。

父はおばあちゃんからこの日のために送ってもらった古い戦前の写真を取り出したり、平山艦長の思い出などを話した。抹茶さんは風呂敷に包んだ資料を紐解き、中から元乗組員の集まりの様子を撮影したDVDやビデオテープを取り出したり、貴重な書籍、手紙類を見せてくれた。

絶版になった本をテーブル狭しと広げ、涼月の破損した状態や防波堤にされた当時の様子などを確認し合う二人の様子は、まわりのお客さんからすれば、さぞかし奇妙に映ったことだろう。

軍艦防波堤

どうして抹茶さんが軍艦防波堤にこれだけのめり込んでいったのか、僕としても気になっていた。抹茶さんは海軍関係者でも涼月や冬月の関係者でもない。抹茶さんはそのあたりの事情を父にこう話していた。

ちょうど抹茶さんが四〇歳近くになったころ、自分が生まれ育った若松区の歴史を調べてみようと思い立った。調べていくうちに、軍艦防波堤の存在を知るに至った。これは何だろうといつの間にか夢中になり、とうとう平成十一年（ということは二〇世紀の最後ごろ）、ホームページを立ち上げたんだそうだ。

レストランの外は、真夏の日差しだった。抹茶さんのクルマは無愛想な埋め立て地を抜け、一路、軍艦防波堤を目指した。右前方にフェンスで囲まれた一角が現れた。敷地の隅に二階建てのプレハブが建っている。工事事務所の建物だ。

抹茶さんが事前に連絡を入れておいてくれたお陰で、フェンスの扉は開けられていて、事務所の前で若い担当の人が迎えてくれた。そして僕と父は、「こちらが、駆逐艦涼月の艦長のお孫さんたちです」と紹介された。

「どうも。遠くからご苦労様です。さあ、あちらへ」

担当の人が伸ばした腕の先にもうひとつのフェンスが見えた。事務所から百メートル先に向かってみんなで歩いた。フェンスの鍵は既に開いていた。

「あれ？　開いてるのか」

抹茶さんは少々拍子抜けの様子だ。防波堤の突端に釣り人が二人、そして手前の海面には黒のウエットスーツを着込んだダイバー二人が漂っている。

「あの人たち、何やってんですか」

「どうもですね、沈められた船から鉄分なんかがしみ出しているようなんです。ですから魚《ぎょ》礁《しょう》のようになっていて、魚がよく集まってくるんじゃないんですかね」とは、抹茶さんの科学的推測である。

目の前に横たわる駆逐艦柳は、ホームページに掲載されていた写真どおりの姿を留めている。説明用の看板も、さび付いているがそのままだ。でも、長い年月が船体の鉄を風化させ、表面は茶色く劣化している。指で摘めば薄皮饅頭のように簡単に剥がせそうだ。外周はコンクリートでしっかりと固められているので、ある程度の波風には耐えられるかもしれないが、いつまで保つだろうか。

この場所はよく波に洗われる。波の高い日には、海草やペットボトルなどのゴミが大量に打ち上げられるのだそうだ。工事関係者の人や抹茶さんたちが掃除をして良好な環境を保っていると聞いた。

事務所の人に頼んで、駆逐艦柳をバックに抹茶夫妻と記念写真を撮った。抹茶さん持参のデジカメでもう一枚。カメラの調子は良好だった。

駆逐艦柳と同じ並びに涼月と冬月が埋められた。昭和二十三年、戦争が終わって三年目のことだった。柳の船首から十数メートル先に涼月が船首をこちらに向けて眠っている。しかし今は、真上に工事搬入用の仮設橋が架けられていて、痕跡を見つけることは不可能に近い。

「見てください。微妙に曲がっているの、わかりますか」

抹茶さんが堤防の縁《ふち》から身を乗り出し、仮設橋の下あたりを指差している。

父もつられて身を屈める。

「何？　どこ？」

僕も近づいて覗き込んだ。さざ波がちゃぷちゃぷと岸壁を洗っていた。

「涼月の形が残っているんです。ほら、あそこ、少し湾曲してるでしょ」

「確かに、曲がってますね。あの下だよ、涼月が埋まっているのは」

興奮気味の父が僕に言った。が、僕の目にはよくわからない。そう言われれば船体の曲線のようにも思えるけど。

さっきから気になっていたことがある。ここは海なのに潮の香りがしない。風の中に海の成分が含まれていないのだろうか。海猫の姿も鳴き声もない。東京の海とはどこか違う。

しゃがみ込んだままの大人たちをよそに、僕は無機質なコンクリートの地面から視線をもたげ、晴れ渡った空を見上げた。少しだけ目まいがした。太陽の光が海面に乱反射しているせいかもしれなかった。

（のどかだな、のどか過ぎる）

僕はひとり、涼月の埋まった場所を離れ、再び駆逐艦柳のほうに歩きはじめた。

大きな魚の鱗のようになった柳の船体表面を右手でさわりながら進む。船尾から左舷に回り込むと、船の縁の部分が数メートルにわたって飴細工のように垂れ下がっていた。精悍な軍艦でさえ時間の流れには抵抗できない、ただ朽ち果てる運命にあった。

その時、あの感覚が再び僕を襲った。

誰かいる。

気配のほうに体を向けると、青白い影の男が僕のすぐ横に立っていた。全身に電気が走った。彼は僕を見ているだけではなかった。すーっと左手を伸ばし、僕の右手首をつかんだ。振り解こうとしたが、思わぬ握力に僕は怯んだ。

僕の手首をつかんだ彼の顔は悲しげだった。懇願するような眼をしていた。

次の瞬間、彼が僕を思い切り引っ張った。僕は彼と一緒に岸壁から海に落ちた。水しぶきが上がるのを僕は全身で感じた。

四人の兵士

水中でもがいた。水を吸い込んだ洋服と靴が僕を海底に引き込もうとする。必死にもがいて、僕はやっと頭を海面に出した。

「お～い、大丈夫かぁ？」

上のほうから聞こえる声に向かって僕は手を突き出した。その手に何かがぶつかった。

「それをつかめ、早く！」上からの声が急《せ》かす。

僕は言われるまま、縄のようなものを両手でつかんだ。

「よ〜し、引き上げろ」という声とともに、僕の体は海中を脱し、するすると上へ登っていった。

(助かった)と思った。しかし、引き上げられた場所は軍艦防波堤ではなかった。

濡れ鼠になった僕の前に現われた顔は、父でも抹茶さんでもなかった。続いて一つ、二つ、顔が僕を囲んだ。逆光でよく見えない。が、どの顔も日焼けして銅色に光っている。白いシャツとのコントラストがまぶしい。

「子供ですよ、砲員長っ」

しわがれた声の男が後ろを振り向いて告げると、砲員長と呼ばれた男が人垣の背後から姿を現した。長身の細い体を左右に揺らし、ニヤニヤしながら僕の鼻先に顔を近づけてきた。

「どれどれ。坊主、なんであんな場所で溺れてた? おい」

「………」

「正直に言わないと、海の中に逆戻りだぞ」

ドスの効いた声の主の顔を見て、僕ははっとした。

(似ている!)なんてもんじゃない!

(そっくりだっ)

くぼんだ目、一度見たら忘れられない鷲鼻。両側に突き出た頬骨。おんぼろスーパーの駄菓子屋の奥で寝たきりだったあの老人、寝ていたはずなのに急に僕の横に立ってほこりまみれのプラモデルの箱を手渡したあの老人――。

「がはは、冗談、冗談。弱きを助く帝国海軍がそんなことをするはずなかろう。それより坊主、お前はどこのどいつだ？　立ち上がって白状しろ」

僕は動揺した。

動揺したまま、命じられるままに右手を床に着いた。手首にはまだ、青白い影の男につかまれたときの感触がうっすらと残っていた。

膝を立てて起きあがると、そこには見たこともない光景が広がっていた。

鉄の分厚い壁が湾曲しながらドーム状の塊を形作り、壁面には無数の鋲が等間隔で規則正しく並んでいる。ドームからは太い鉄の棒が二本、真横にまっすぐ伸びていた。それはどこから見ても大砲に違いなかった。

(さっき、抹茶さんが話してた長十センチ高角砲って、まさか……)

混乱する僕をよそに、砲員長が妙な猫なで声で問い詰めてきた。

「さ、おまえは、どこのだれべえなんだ」

返事に迷った。ホントのことを言っても信じてもらえそうにない。

「なんだ、日本語がわからんのか」

ズボンから海水が滴る。いつまでも黙《だんま》りを決め込むわけにもいかなくなった。

「ここ、涼月ですよね」

そう言った後に、しまったと思った。

「なんで知ってるっ？」

男たちの顔がいっせいに険しくなった。

僕は確信した、自分が駆逐艦涼月の艦上にいることを、そして青白い影の男に導かれてここにやってきてしまったことを。

「いや、その、たぶん、そうなんじゃないかなあって」

僕はしどろもどろに答えた。

「ほほお、ますます怪しい」

「ちびっこスパイか？」大柄な兵士が言う。

「あほか、三文小説の読み過ぎじゃ、こんな子供に何ができる」だみ声の主が言い返す。

「それなら、こいつは何者だと言うんじゃ」

「なにおうっ」

言い争いを聞きつけて、ちょっと偉そうな軍服姿が少し離れたところからツカツカと近づいてきた。

「まずいっ、砲塔長です」

一番若い兵士が小声で言った。

僕への詰問は一時中断され、兵士たちは僕を取り囲むように直立不動の姿勢をとった。

「どうした？　騒がしい。何をごちゃごちゃ言い合っておるか」

「いえ、何も……。何でもありません。異常なしであります」

だみ声がぴんと背筋を伸ばして返答した。

もちろん、そんなことで砲塔長は納得しない。眉間に皺を寄せて肩越しに僕のほうをのぞき込む。

（やばっ）

砲塔長の目が僕を捕らえた。と思ったのだが、彼の視線は僕の存在を突き抜けてキョロキョロするばかり。

結局、砲塔長は目の前にいる僕を見つけられず、「ちんたらしとるんじゃないぞ」と捨てぜりふを残してその場を立ち去った。

「ふう、寿命が縮まったぜ」だみ声がため息をついた。

「縮め甲斐がないのう、明日をも知れぬ命だろうが」大きいほうがチャチャを入れた。

「なんじゃとぉ」

「おお、やる気かぁ」

このふたり、仲が良いのか悪いのか。

「やめ、やめ、やめ。ごちゃごちゃやってる場合か」

長身の砲員長が割って入った。

「そんなことより、あの坊主、何で見つからなかったんだ」

「そういえば」「砲塔長に見えないはずがありません」「どういうことだ？」

全員が顔を見合わあせた。

一番若い兵士が駆け出した。遠くにいた水兵を無理矢理連れてきて「ほれ」と僕の前に突き出す。水兵はきょとんとしている。再び全員が顔を見合わせた。

「やっぱり」「そうか」「こいつ、俺たちにしか見えない！」

四人の兵士は異口同音に唸った。

艦長の帰艦

「艦長のお戻りだぁ」

遠くで誰かが叫んだ。僕を取り囲んでいた四人はその声に敏感に反応し、いっせいに船の後方に掛け出した。

「おい、坊主。ここを離れるんじゃないぞ、いいな、わかったな」

砲員長が振り向きざまに言い捨てた。が、待っていろと言われても、そうはいかない。とにかく僕も彼らのあとを追うことにした。

船縁の手すりから身を乗り出すと、眼下に一隻の船が見えた。漁船ほどの小さな船だった。涼月の斜め前から次第に近づいてきて、ほどなく横付けされた。

鉄製の梯子が降ろされ、小舟からひとりの軍人が出て来た。目深に被った帽子で顔はよく見えない。ただ、その軍服はさっきの四人組とも砲塔長とも明らかに違っていた。肩や胸の辺りには飾りが施され、色の乏しい風景の中でそこだけが華やいで見えた。

甲板では、十数名の水兵が直立不動の姿勢で隊列を作り、艦長の帰りを迎えようとしていた。僕は物陰に隠れて様子を見守った。

艦上を満たす緊張感を破るように、列の後ろのほうからひそひそ話が漏れてきた。

「今度の艦長だけどよぉ、えらい熱血漢らしいぞ」

「ふ〜ん」

「聞いた話だが、少尉っちゅうからまだ将校に成り立ての頃だ。初めて乗船した駆逐艦の艦長殿が、あるとき飲んだくれてご乱心遊ばした」

「ほお」

「それまでも何かと問題の多い艦長だったらしい。よほど腹に据えかねたんだろうな。身分の上下もわきまえず、そのぐうたら艦長を見習い将校が一喝したそうだ」

「へえ、それで？」

「二週間の謹慎を食らったってよ」

「ほお、おもしれえ」

「で、昇進もお預けってわけか」

「それにしても、先月赴任して一か月も経たないってのに、片道切符の作戦に出陣とは新任艦長も辛いねえ」

「へんっ、それを言うなら、俺たちだっておんなじことよ」

「しっ!!　艦長の到着だ」

艦長が梯子を登り終え、甲板に足を一歩踏み入れた。兵士たちが一斉に敬礼をした。がっちりした体つき、でも思ったより小柄だ。六年二組で一番背の高いヤッとどっこいかもしれない。軍帽を目深に被っていても、特徴あるだんごっ鼻は隠しようがなかった。その人は、父の実家のあの古びた肖像写真の人物、紛れもなく僕の曾おじいちゃんだった。

平山艦長は出迎えの兵士を一瞥すると、今帰ったぞと言わんばかりにニタリとして軽い敬礼で応えた。口元には吸いかけの煙草が無造作にくわえられていた。ふてぶてしいその態度は、まるで軍服を着たガキ大将のようだった。予想を裏切られた僕はある種の心地よさを味わっていた。

(曾おじいちゃん、なかなかやるじゃん)

艦長が歩きはじめると、ひとりの軍人がすかさず寄り添ってきた。

「おう、あとで手の空いている者を全員集めてくれ」

艦長はナンバー2と思《おぼ》しきその軍人にささやいた。

「わかりました」

ナンバー2はうなづき、そのまま艦長と一緒に艦橋のなかに消えていった。その直前、艦長が僕のほうを振り返って笑ったような気がした。視線はしっかりと合っていたはずだが確証はない。


兵士たちの整列が解けた。

(おっと、いけない)

僕もとりあえず身を隠す場所を探さなければ。視界に入った扉に手をかけた。

が、遅かった。

「そうら、見つけたぞ」だみ声に首根っこを捕まえられた。

「幽霊小僧。見えないからってチョロチョロ動くんじゃない」

「いったい、こいつは何なんだ。疫病神か」

大柄な兵士は、僕のことをすっかり悪者扱いだ。

万事休すと思ったとき、砲員長が低い声でこう言った。

「お前ら、船神の話を聞いたことあるか？　船には一隻一隻、守り神がいるって言うだろ。こいつはその類かもしれんぞ」

「船神……」だみ声と巨漢と最年少が口をそろえて復唱した。

「ほんとか？　坊主。船神なのか、おまえ」

「……ええ、たぶん」巨漢の質問に僕はあやふやに答えた。

「たぶん？　自分のことだぞ、はっきりしろ」

「はい、僕はそのぉ、船神であります」

「やっぱりな、そうじゃないかと思った」

巨漢は得意満面だ。

「おいおい、さっきまでスパイだとか、ほざいとったのはどこのどいつだ、よく言うよ」と、だみ声が嫌味を返した。

「ま、とにかくスパイでなくて一安心だ。他人に見えないのも好都合。船神である以上、せいぜい気張って我が涼月を守ってくれ。さてと、これからお前を何と呼ぼうか」

砲員長は少し考え込んでから、ぽんと手をたたいた。

「チビガミでどうだ」

「チビガミ、ですか」僕は不満げにつぶやいた。

「ああ、船神の小さいのだからチビガミ。いいじゃないか、チビガミ。それじゃあ、チビガミということで決まりだ」

「はあ……」

「さ、そうと決まれば、ほれほれ、貴様らも一人ずつチビガミさんに自己紹介せんかい」

促された三人はちょっと照れくさそうにしている。

でも僕は、名前を教わる前から誰が誰なのかわかってしまっていた、少なくとも言い合いが大好きなあの二人に関しては。だって巨漢の兵士は、どこからどう見ても魚屋の昌じいだし、だみ声の主は八百屋の六さんだ。年が六〇歳以上若いだけで、四六時中バカ口を叩いている様子は「ぼろスー」にいるときと全然変わらない。

しかし、なぜ「ぼろスー」の三人が揃いも揃って涼月にいるのだろう。おっと、物事はその逆だ。涼月の乗組員だった三人が、なぜ「ぼろスー」でいっしょに商売をしているのか、だよな。

僕はここまで考えて、それ以上詮索するのを止めた。

自己紹介が始まった。まずは六さんから。

「わしゃ、大畑、大畑六郎。二番砲塔で旋回手をやっちょる」

続いて昌じい。

「えへん、おれは浦川昌史だ。マサって呼んでくれ。同じく二番砲塔の射手だ」

「私は、砲塔伝令の森といいます。どうぞよろしく」最年少の青年が答えた。

「そして、こちらが二番砲塔の小谷砲員長だ」

大畑六郎さんが駄菓子屋のおじいさんをそう紹介した。

「よろしくな、チビガミ。涼月を頼んだぜ」

こうして僕は、彼らの一員として認められた。僕は彼らのことを敬意を表して「小谷隊」と呼ぶことにした。

それにしてもチビガミだなんて、神様扱いはやめてほしかった。

総員甲板

「総員、後甲板っ。総員、後甲板っ」

頭上の小さなスピーカーから突如、大音響が流れた。小谷隊は、その音に神経を持っていかれた。

「チビガミ、ここを離れるんじゃないぞ、いいな」

小谷砲員長が言い捨てる。さっきと同じシチュエーション。「了解です」と言いながら僕はもちろん彼らに続いた。

船のあちらこちらから乗組員が集まってきていた。甲板にはマンホールのような出入り口がいくつもあって、そこから兵士が出てくる出てくる。

後甲板は、あっという間に乗組員で埋め尽くされた。駆逐艦はとてもスリムにできている。広いところでも大人十人が横に並べば満杯で、十一人目は海にこぼれ落ちてしまいそうだった。場所を求めて、砲台の少し高いところによじ登っている兵士たちも大勢いる。

最後に平山艦長が艦橋下から登場した。

艦長が乗組員たちをかき分け船尾最後方に備えられた四角い台に登ると、乗組員全員が一斉に敬礼をした。

ザッ。

四百人の手刀が空を切る音が鈍く響いた。艦長は手のひらを軽く丸めて右のこめかみの前まで持っていった。

海軍の敬礼は肘を上げる角度が小さい。陸軍が肘を耳の高さまで持ち上げるのとは対照的に、海軍は垂直に立てる感じだ。狭い船上ならではの工夫なんだろう。僕も見よう見まねでやってみた。何度か角度を変えてみたが、どうにも様にならない。あした学校に行ったら高橋くんに教えてあげよう、これが海軍式の敬礼の仕方だって。

艦長は左から右へ視線をゆっくりと移動させ、集合を終えた艦員たちを見渡した。そして、肺の空気を静かにはき出すように語り始めた。

「先ほど、大和司令室にて伊藤司令長官よりご下命があった。我が連合艦隊第二艦隊は明日夕刻、沖縄に向け特攻作戦を開始する。名付けて天一号作戦。敵主力は沖縄を包囲し、陥落せんとしている。沖縄は、今や日本にとって最後の生命線となった。我々は沖縄を絶対死守しなければならない。戦艦大和を守り抜き、沖縄を取り囲む敵艦隊を縦横無尽に蹴散らす、それが我ら水雷戦隊の本分である。涼月の名に恥じぬよう総員奮戦し、神国の歴史にその名を刻んでくれ」

連合艦隊第二艦隊に所属する軍艦のなかで菊の紋章を掲げているのは、大和のほかは軽量級巡洋艦矢矧《やはぎ》だけである。涼月をはじめとする駆逐艦の艦首にそれはない。駆逐艦の先端部分を正面から見ると、ちょうど牛の角のような形をしている。英語で駆逐艦はデストロイヤー、破壊する者。海の破壊者は猛牛の象徴を先端に戴き、菊の紋章を護衛する任務を負っていた。

平山艦長は眉間のしわを緩めた。

「……とまあ、そういうわけだ。ソロモンこの方、ろくな戦もできずにここまできた。諸君らも腕がなまって仕方なかろう。天が与えたもうた最後の一戦だ。日ごろの訓練の成果を存分に発揮し、ここは一暴れも二暴れもしてくれるぞ。我々は四月八日を期して、敵の懐、嘉手納湾に突っ込む。命を惜しむものは直ちに去れ。いいか、生きて帰れると思うな。覚悟はいいなっ」

艦長の眼光が艦上の兵員すべてを射抜いた。そして艦長は最後にこう言い放った。

「お前たちの命、この平山が預かったぞ」

「おおっ！」

乗組員の気勢が船体を大きく振るわせた。

「以上で艦長の訓示を終了する。各員、ただちに持ち場に戻れ」

ナンバー2は解散を命じると、艦長の耳元でささやいた。

「あのあと、激論になったそうですね」

「激論？　そりゃちょっと言いすぎだな。だが、どうもこうもない。はじめ、一機の護衛も付けないとぬかしやがった。何のための作戦なのか、ろくな説明もない。丸裸の艦隊でただただ突っ込めとさ。犬死とはこのことだよ」

「乗組員へのお話とはだいぶ違いますな」

「舞台裏を乗員にひけらかしてどうする。彼らの覚悟を揺るがすようなことを口にできるか。すべてはワシとお前の胸の中に仕舞っておく話だ。議論百出。だが、最後は『一億総特攻の魁《さきがけ》となれ』の一言で決着だ。一度決まれば、みなサバサバしたもんよ。心はひとつ、あとは突撃あるのみだ」

「そうですね。誰しも死ぬには大儀が必要ですから」

「相変わらずだな、倉本砲術長。君らしい表現だ」

シャボン玉と下船

艦長の言葉が僕の耳の底に残った。映画のワンシーンを見ているようにも感じられた。(今は昭和二〇年四月。僕が生まれた平成から遠く隔たったこのとき、僕の乗った船は沖縄に決死の作戦を試みようとしている……)そのことだけは確かだった。

後甲板の訓示によって乗組員の決心は固まった。

僕の目にも、みんなの動作の一挙手一投足にどこか弾むような軽やかさが加わったように映った。そんななか、ひとり浮かない顔の若者がいた。小谷隊最年少の森さんだ。

「なあチビガミ、シャボン玉つくってやろうか」

ここは前方から二番目の砲塔の上である。

「でも」と僕。

「でも、なんだよ」

「石けん水とか、あるんですか」

「そんなもんなくたってできるさ。見ててみな」

森さんは舌を突き出して先をひねったかと思うと、小さな小さなシャボン玉を解き放った。お世辞にも衛生的とは言えないツバ製のシャボン玉は、しばらく中空を漂って僕の目の前でぱちんとはじけた。

僕が目を丸くしてみせると、どうだスゴイだろうと言わんばかりに、次から次へ舌の先からシャボン玉を繰り出した。船の微妙な揺れがシャボン玉の揺らぎに重なり合って心地よかった。

「上手ですね」

「だろ。小学校のころ流行っててな、これが出来ると人気者さ」

少しの間を空けて僕はたずねた。

「森さんはどうして海軍に入ったんですか」

「変なことを聞くヤツだな。どうしてもへったくれもない。憧れだよ。海軍の水兵になるのは憧れさ。親を説き伏せて海兵団に入団した。やったと思ったね、これでおれも男になれるって」

「そんなもんですか」

「そんなもんよ」

「その割には浮かない顔ですね」

「そんなことないよ」

「そうですか」

「そうだよ」

森さんはムキになって否定した。どうやら図星だったみたいだ。海兵団のことをしゃべったときの勢いは急にしぼんでしまった。

「なあチビガミ、案外俺たちもこんなもんかも知れんな」

「?」

「毎日毎日、明けても暮れても訓練訓練。月月火水木金金ってね。そりゃあ辛いさ、反吐《へど》が出そうになるくらいに。でも、先輩や仲間といっしょなら、どうってことない。第一、先のことを深く考えなくて済む。目の前の一大事に打ち込んでいればそれでいいんだ。それがおれたちの生きるすべなんだ。でも、時々思うんだよ、この先どうなっちまうんだろうって。言っとくけど死ぬのが怖いんじゃないぜ。艦長の言葉、腹に浸みたよ。もう思い残すことはない。やるしかないさ。やるさ。でも、ちょっと違うんだ。やるぞって気持ちだけじゃないんだ。それだけじゃない。なんか、こう、もっと奥底のほうにある気持ちっていうのかなあ、うまく言えないけど、違う気持ちも確かにあるんだ……。結局さ、シャボン玉なんじゃないかって、俺も、大畑さんも、浦川さんも」

森さんは、自分の気持ちにゴツゴツぶつかりながら思いの丈をはき出した。一気にしゃべって、それっきり黙りこくってしまった。

もうシャボン玉は作ってくれなかった。

僕は他人に見えないことをいいことに甲板を歩き回った。

船の上は思った以上に狭い、そして歩きづらかった。ワイヤーの止め具や取っ手、排気口といった障害物がやたら多いせいだった。

その甲板を大勢の水兵たちが走り回っていた。大小の荷物をせわしなく運んでいる。艦上には要所要所にクレーンのような機械が備え付けてあって、荷物はその機械のたもとに山積みにされていた。そして、目の荒い大きな網に一まとめにされては、海面で待つ小船に降ろされる。手動のハンドルが勢いよく回され、鎖がガラガラと音を立てて滑っていった。

戦いの前の身支度。荷物に混じって、布製のリュックを背負い船を下りる兵士の姿があった。足を引きずっていた。訓練で怪我でもしたのだろうか。同僚と挨拶を交わし涼月を後にするその兵士の後姿は、肩を落として心なしか寂しそうだった。

艦長が出入りしていた艦橋に行き当たった。

鉄の扉の向こうから言い争う声が漏れてきた。耳を近づける。

「なぜですか、艦長」

若い男性の怒声が響いた。

「この期に及んで、何ゆえ船を下りなければならないのでありますか。艦長の命令といえども、これだけは承服しかねます。みんなと一緒に沖縄に行かせてください、お願いしますっ」

「岸上少尉っ、言葉を慎め。艦長の前だぞ」

倉本砲術長の声だ。

「まあよい、砲術長」

平山艦長が砲術長の言葉を遮った。

「岸上、貴様の気持ちは言われんでも分かっている。軍人として当然だ。だがな、生きて帰らぬこの船に記録を残す必要はない。記録係のお前を沖縄までつれて行く訳にはいかんのだ」

「しかしっ」

「艦長は涼月にお前の持ち場はないとおっしゃっているんだぞ」

「しかし……、伝令でも弾薬運びでも何でもします。このままおめおめと陸に上がって何をせよとおっしゃるのですか。何のためにこれまで歯を食いしばって訓練に耐えてきたんでありますか」

必死に喰い下がる岸上少尉に倉本砲術長が宣告を下した。

「これは、艦長も熟慮されたうえでの結論だぞ」

重苦しい沈黙のなか、若い兵士の荒い息遣いだけが聞こえてくる。

「君はいくつになる」

艦長が岸上と呼ばれた青年を諭すように問いかけた。

「二十歳であります」

「そうか、二十歳か。死に急ぐ齢ではないな。命を賭ける機会はこれからの人生、いくらでもある。そうは思わんか、岸上」

「しかし……」

「人間には一人ひとり、天から与えられた持ち場というものがある。好むと好まざるとに関わらずだ。持ち場を見誤ってはならん」

「………」

「わかったな、岸上。艦長のお言葉を大切にするんだ。わかったら下船の準備に取りかかれ。お前の持ち場はお前自身で見つけるんだ、いいな。あとは我々に任せろ」

砲術長がそう言ったあとには、岸上少尉のすすり泣く声が途切れ途切れに聞こえてくるだけだった。

結局、岸上さんは船を下りた。が、さっき見かけたリュックの兵士のように肩を落としてはいなかった。

僕はふと思った、岸上さんはこの後、昭和の世をどう生き抜いたのだろうか、と。

酒宴

日が暮れた。夜の帳《とばり》が涼月を包んだ。

「酒保、開け!!」

けたたましい艦内放送を合図に、艦内のあらゆる部署から乗組員が食料貯蔵庫を目掛けて殺到した。酒蔵の前には、あっという間に黒山の人だかりができた。

担当が声をからす。

「押すな、押すんじゃない」「順番だ、順番を守れ」

「急がんでもいい。きょうはいくらでも出すぞ。空になるまで持っていけえっ」

倉庫の中から次々とビール瓶や日本酒が木箱ごと運び出される。兵士は自分の所属を入口の係員に申告すると、抱えきれないほどの酒瓶を渡されて持ち場に急いだ。

特攻作戦を前に今夜限りの無礼講。艦内各所で別れの杯が酌み交わされようとしていた。

小谷砲員長、大畑一等兵曹、浦川二等兵曹、そして森一等水兵も、二番砲塔の砲員全員が居室に集合していた。

車座の中心に、ビール瓶一ダースと一升瓶がデンと置かれている。ラベルには「賀茂鶴」の文字。それに、なぜか煎餅やおかき、果ては甘納豆、鮭の缶詰も。真っ黒な延べ棒状のものは、特製の羊羹だった。

「さあてと、今宵このときを待っておりましたよ」と浦川さんが手もみする。

「酒は飲み放題、おっかない臨検も回ってこない。一夜限りの極楽浄土ってか」と大畑さんが戯《おど》ける。

「支払いを気にせんで飲めるんだから、たしかに極楽じゃ。ありがたやありがたや」

「そういや、先月までの付けは全部帳消しになるのかのう?」

大畑さんが現実的で切実な疑問を投げかけた。

「さあな」浦川さんが首をかしげた。

「ま、死人に請求書は来んじゃろ」

「案外、閻魔《えんま》様から請求されたりしてな」、

「がははは」

ふたりは腹を抱えて笑った。

「お前ら、みみっちいぞ」

横から小谷さんがふたりに声をかけた。

「この期に及んで、金勘定など気にするな。つべこべ言わずに飲め、飲め」

そう言いながら、浦川さんに一升瓶を突き出した。

「砲員長、もう日本酒ですかぁ」

浦川さんは湯飲み茶碗に注がれたビールと一升瓶を見比べた。

「おう、飲め」

しつこく日本酒を勧める小谷さんの脇で、大畑さんはすでに日本酒に手を出していた。

「く〜っ、浸みるね〜ぇ。おい、森。どうした、浮かない顔して」

大畑さんが黙っている森さんに水を向けた。

「だめだめ、こいつぁ、下戸だ」

小谷さんの言葉に、すかさず浦川さんが軽口を入れた。

「酒も飲まずに特攻とは、お気の毒さま」

「仕方ないな〜。それじゃあ、腹一杯、菓子でも食え。菓子の食い納めじゃ」

そう言って、大畑さんが羊羹一本を森さんに差し出した。

「そうじゃ、そうじゃ。羊羹の食い納めじゃ」

浦川さんがはやし立てたものだから、森さんは顔を少し赤くした。そして、羊羹を浦川さんの手から奪い取ってかぶりついた。続けて、煎餅を食べきれないほど口に詰め込んだ。辺り一面に食べかすが散らばった。

出撃前夜、誰もが高ぶる気持ちを抑えられなかった。だが、取り乱す者も泣き出す者もいなかった。堅苦しい話など一つも出なかった。皆がせいせいと飲み、せいせいと酔いしれた。

幹部たちは、若い士官のたまり場である将校部屋に集まっていた。

軍隊における階級の区別は厳格だ。士官と下士官・兵の間には、厳然とした違いがある。酒宴において、部長、課長は平社員と席を同じくすることはなかった。だから、小谷隊の面々が平山艦長ら士官とともに酒を飲み交わすなど考えもつかないことだつた。

将校部屋に平山艦長の姿は見えなかった。ちょうど若い将校がナンバー2の倉本砲術長に話しかけているところだった。

「砲術長、お酒は？」

「あまりやらんほうだが、今夜は飲むぞ」

「そうこなくっちゃ。ささ」

若い将校は砲術長にビールを並々注ぐと、「そう言えば、数学の天才だそうですね、砲術長は」と話題を振った。

「ん？　誰がそんなことを言いふらしている」倉本さんは少しムッとした。

「みんな、知ってますよ。兵学校の数学の試験はいやだったなあ、私なんか赤点ばかりでしたから。でも、砲術長は違った。他の仲間がうんうん唸《うな》って問題と格闘しているのを尻目に、早々に答案を書き終えて、別の解き方を三つも四つも考案していたそうじゃないですか」

「そういうこともあったな」砲術長は昔を懐かしむ眼をした。

「いや〜、常人には考えられんですよ。どういう頭の構造になっているのか、一度拝見させていただきたいもんです」

「ははは、戦闘で頭をかち割られたら、そのときはいつでも見せてやるさ」

「は、そうさせていただきます」

しばらくして、将校部屋のドアが勢いよく開いた。平山艦長だった。手に一升瓶をぶら下げ、すでにかなりの酒を飲んでいる様子だ。

「おう、みんな、やっとるか。飲み惜しみするなよ」

「艦長、言われなくてもわかっておりますっ」

砲術長と話していた将校がビールのコップを高々と掲げて言った。

「そうかそうか。お、倉本、珍しく真っ赤になってるじゃないか」

艦長が砲術長を見つけて声をかけた。

「今宵ばかりは、飲まずにいられましょうや」砲術長がおどけて言い返す。

「はは、それでいい、それでいい」艦長は上機嫌である。

すると、すでに出来上がっている一人の若手将校が艦長に絡んできた。

「艦長ぅ、ヒ・ラ・ヤ・マ・カンチョーっ」

「おお、何だ？」

「艦長は以前、上海陸戦隊でもご活躍だったとか。外地でのご経験も豊富でいらっしゃったと聞いております。もちろん英語もぺらぺらでいらっしゃると。ここはひとつですね、沖縄特攻の前祝いということで、アメリカさんをぶちのめしていただけないでしょうか。よ・ろ・し・く、お願いしま〜すっ」

「よっ、待ってました」

「インチキ英語！」

「そろそろ出ると思ってましたよ」

まわりが囃し立てる。

艦長はといえば、まんざらでもない様子だ。十八番を指名されたらしい。両目をキラキラと輝かせてみんなの前に立つと、突如、意味不明の言葉を発し始めた。

ラッキョー、ラッキョー、ナマラッキョー、ムイテモムイテモ、カワバッカリイ。

（ん？）

ラッキョー、ラッキョー、ナマラッキョー、ムイテモムイテモ、カワバッカリイ。

ひどい巻き舌。ひどい英語もどき。

はじめ静かだった声は徐々に大きく太く甲高くなっていった。リズムがアップテンポになるにつれ、足踏み手振りがこれに加わった。

ラッキョー、ラッキョー、ナマラッキョー、ムイテモムイテモ、カワバッカリイ。

ラッキョー、ラッキョー、ナマラッキョー、ムイテモムイテモ、カワバッカリイ。

いつしか、この珍妙な「らっきょうコール」は部屋いっぱいに拡がり、大合唱へと膨れあがっていった。士官たちは、みんな思い思いに足を踏み鳴らして踊り出した。両手に皿と箸を握りお囃子係に徹している士官もいる。あの沈着冷静な倉本砲術長も、酒の力を借りてめちゃくちゃなくねくね踊りを踊っていた。

ラッキョー、ラッキョー、ナマラッキョー、ムイテモムイテモ、カワバッカリイ。

ラッキョー、ラッキョー、ナマラッキョー、ムイテモムイテモ、カワバッカリイ。

(…なんだか、全然、英語っぽくないんだけど。ま、いっか)

ラッキョー踊りの輪の中で、平山艦長は全身全霊ではしゃいでいるように見えた。

艦長室

その後のことはよく覚えていない。気づいたときには、ベッドの上で眠りこけていた。

「よいこは早寝早起きか」

呂律《ろれつ》の回らなくなった艦長の声がした。

「よく来たな」目尻を下げた艦長の赤ら顔があった。

「は、はじめまして」

がばっと起き上がった僕は反射的に答えた。

「何言ってる。さっきからずっとそばにいたくせに」艦長がニタッと笑った。

「そう緊張するな、知らぬ仲でもないだろ。遠くからはるばるご苦労、ゆっくりしていきなさい。といっても、ゆっくりもしておれんか。あすあさってが山だろうからな」

(やっぱり、あのとき目が合ったと感じたのは本当だったんだ。僕が誰でどこから来たのか、すべてがお見通しってわけか)

「あのお」僕は恐る恐る口を開いた。

「何だい」

「僕をここに呼んだのは艦長ですか?」

「まあ、そうかもしれんな」艦長の返事はあいまいだった。

「僕、青白い影の男の人に連れてこられたんですけど、あれ、誰ですか?」

「さあて、誰なのかな」艦長の答えはさらにあいまいになった。

「じゃあ、何で僕はここに来たんですか?」

「そう話を急ぐな。このところ毎晩夢を見てな」

「？」

「お前のような少年が出てきてしきりに言うんだ。なぜ言い残してくれなかったのかってね。『僕が何も知らないのはそのせいだ』と、ワシを責めるんだよ」

「………」

「お前の質問に答えがあるとすれば、これから見聞きすること、すべてがその答えだ」

僕は、艦長の禅問答のような返事ではぐらかされた。

「それはそうと……」

艦長は、ゆっくりと椅子に腰掛けてから両手を膝に当てて身を乗り出した。

「おまえの母さん、あ、いや、そうじゃない、あぁぁ、つまりだ、おばあちゃん！　そう、おばあちゃんは元気か」

（え？）

「どうしてる」

艦長がぐっと顔を近づけてきた。

「は、はい、元気です。おじいちゃんといっしょに元気に暮らしてます」

正確には、腰を痛めて少々難儀はしているけど。

「うん、うん、そうか、そうか。それならいい」

一番気になっていたことを聞き終えてほっとした様子だ。

僕のいるこの小さな部屋が「艦長室」と呼ばれる部屋だ。艦橋の一階部分にある。質素だが、一応ベッドも小振りな机も備え付けられている。男子の部屋としては小綺麗に整理整頓されている、というか、あんまり使われていない感じがする。たぶんこの部屋にいることはほとんどないんじゃないかな、艦長。寝に帰るだけの部屋、そんな気がした。

机の上に陶器製の灰皿とパイプが置いてあった。部屋中に煙草のにおいが染みついている。昼間、船に戻ってきたときもくわえ煙草をしていた。よほど煙草が好きらしい。でも、ぜんそく持ちの僕としては、煙をわざわざ自分の肺の奥まで吸い込む人の気持ちはぜんぜん理解できない。

室内をきょろきょろ見渡す僕を横目に、艦長はお気に入りのパイプに手を伸ばし、マッチに火を付けた。一瞬の淡い光が僕と艦長の顔を照らし出した。艦長は大きく息を吸い込むと天井に向かって煙を吐き出し、想定外の質問をしてきた。

「昼間から気になっていたんだが、ひとつ聞いてもいいか」

「はい」

「何だね、その帽子に付いている出来損ないのレ点のようなしるしは？」

僕の帽子を指差しながら艦長が尋ねた。

「あ、これですか。これはですね」と説明しかけて僕は口ごもった。

まさかアメリカのスポーツメーカーのマークです、とは答えられない。横文字ことばが敵性語として排除されているこの時代に、公然と敵国の帽子を被っているのは相当にヤバい。脳裏に『非国民』の三文字が浮かんだ。

「いやその、これはですね、母に縫ってもらったんです。そしたらこうなっちゃったんです。ははは、やっぱ、変ですよね。母、お裁縫、苦手なんです。でも僕、気に入ってます」

「そうか、そういうことか、お手製か。それならいい、大事にしろよ」

艦長は帽子の上から僕の頭を軽くぽんぽんと叩いた。

(ふう、セーフ、セーフ)なんとかその場を取り繕った。

(だが待てよ)

今、身につけているもので敵国製が他にもあるかもしれない。スニーカーには三本線、トレーナーには豹のシルエット。ええと、これはどっちもドイツの会社、てことは三国同盟の仲間なんだからセーフ。我ながらめちゃくちゃなコーディネートだが、母のいい加減さのお陰だから目をつぶろう。

それからと——。

靴下やズボン、シャツにパンツはどこ製だ? 僕は艦長にくるっと背を向けズボンのファスナーを半開きにして裏地を見てみた。タックにはmade in chinaとはっきり印刷されている。ついでにシャツもめくる。

(参ったな、みんなメイド・イン・チャイナ……)

「どうした、蚤でもいるのか」

(ノミ?)

「いえ、僕、アトピーなんで」

「あと……?」艦長は怪訝な顔をした。

(だめだ、通じるわけない)

「な、なんだか、股のところが痒くなっちゃって」

「ほう、なにかとむずむずする年頃だからな。まあ、あまり掻きすぎるなよ」

勝手に納得してくれた艦長だったが、とっさの言い訳が選りに選って下半身ネタとは情けない。お笑いに五月蠅《うるさ》いあの姉が聞いたら、「邪道!」の一言で切り捨てられていただろう。でも、窮余の策という意味ではこれも「あり」だと思う。

僕の記憶はここらへんで途切れた。この日の疲れが一気に噴き出して、再び艦長室のベッドに倒れ込んだ。

遺書と鉢巻き

起床ラッパが僕の眠りを切り裂いた。

艦長室にはすでに艦長の姿はなかった。ドアを開けると朝の冷気が全身を通り抜けた。砲塔を担当する小谷隊の居室は船の前方下部にある。甲板を船首に向かって進み、階下へ伸びる鉄製の階段を下りてさらに奥に進んだところで浦川さんと出くわした。

「おお、チビガミ、良いところに来た。きのうは眠れたか」

「ええまあ」

浦川さんが出て来た部屋を覗くと、天井からたくさんのハンモックがつり下げられていた。大畑さんや森さんらが昼間の動作の三倍のスピードで身支度を整えている。衣服を着替え、靴を履き、ハンモックを畳む。まるでビデオの早回しを見ているようだ。昨夜のアルコールは一滴も残っていなかった。

「おい、行くぞ」

「どこ行くんですか」

「いいから黙ってついてきなって」

「大畑さんたちを待たなくていいんですか」

「すぐに追いつく、気にすんな」

しかたなく僕は浦川さんの後に従った。

狭い通路を抜けると洗面所があった。小学校によくある横長の洗面台だが、少し様子が変だ。蛇口が一つもない。

(な、なんだ、ここ?)

身繕《みづくろ》いを終えた水兵たちが一列に並んでいた。みんな真ちゅう製のタライを手にしている。列の先頭を見ると、係の水兵に黒い碁石をひとつ手渡しし、それと引き換えに柄杓一杯分の水をタライに注いでもらっている。水をもらうと、蛇口のない洗面台に移動してそこで顔を洗い歯を磨く。

(こんな少ない水で、顔を洗って歯を磨くなんてできるの?)

一人の水兵の仕草を僕は注意深く観察した。歯をみがき終えると、まず手のひらを軽くお椀状に丸め、タライの水をすくって口に運ぶ。すするように水を口に含み、ブクブクと二、三回ゆすいでからはき出す。また片手で水をすくう。この動作を数回繰り返している。手際の良さはお茶か何かの作法を見ているようだった。

最小限の水量で最低限必要なことを済ませる徹底した節約精神。

（これが海軍方式ってヤツか）

あとからやってきた大畑さんにそっと聞いてみた。

「このやり方って、すごくエコですよね」

「えこ？　何だって？　え、えこ贔屓《ひいき》？　えこ贔屓であるもんか。船じゃ、水の一滴が血の一滴だ。みんなが我慢すればみんなが助かる。みんなを助けるにはみんなが我慢する。当たり前の事よ。さ、これを貸してやるから、チビガミ、お前もやってみろ」

僕は大畑さんに勧められるまま、慣れない手つきでタライから水をすくった。そして、ジュルジュルと音を立てて手のひらをなめるように水を吸い込み、口の中をゆすいだ。何度かやってみたが、あとに歯磨き粉の粉っぽい感触が口いっぱいに残った。


出撃の日の午前。

二番砲塔乗組員の兵員室では各自各様、身辺整理に勤しんでいた。出撃を前に、不用になった衣服や身の回りの品々を荷造りする者、家族に宛てて最後の手紙をしたためる者、それぞれが残された時間を惜しむように過ごしていた。

「お、やっとる、やっとる。何を書いとるんじゃ」

筆を持った浦川さんの肩越しに大畑さんが声を掛けた。

「どうだ、いい出来だろ」

浦川さんは、指先を舌でペロッとなめて純白の鉢巻きを誇らしげに見せた。そこには、

「特攻」の二文字が大書きされていた。

「特攻とは一番の晴れ着を身にまとい白鉢巻きを結んで死地に向うこととなり、と」

「おお、達筆、達筆。そうだ、二等兵曹殿、ひとつ、わしにも書いてくれんか」

「あほか、こういう大事なもんは自分で書くんもんじゃ、罰が当たるぞ」

「先輩に向かって何だ、その物言いは」と大畑さんが怒って見せた。

「へっ、少しばかり早く一等兵曹に昇格したからって威張るない」

「それもそうか」二人は大声を出して笑った。

大畑さんは浦川さんの肩をポンポンと二回叩くと、次に森さんの後ろに立った。

「どれどれ」

わざとらしく声をあげて大畑さんが身をかがめた。

「やめてくださいよ、見ないでくださいよ」

森さんは左腕で書いているものを抱え込むようにして、必死に読まれまいとする。

「ええやないか、ちょっとぐらい。手紙、お母ちゃん宛か、それともこれか?」

大畑さんは左手の小指をちょこんと立てた。

「ち、ちがいますよ、そんな訳ないでしょ」

「お、赤くなった、図星らしいな」

大畑さんが森さんの手元からさっと手紙を取り上げた。両手を前に突き出し賞状を掲げるようにして手紙の文字を追った。後書きに、昭和二十年四月六日の文字が見えた。大畑さんのふざけ半分の顔から笑みが消えた。

「おまえ……結婚しとったのか」

「はい」

「女房のお腹に赤ん坊がいるのか」

「はい」

「そうか。そりゃあ、気がかりじゃのう……。で、いつ生まれる？」

「八月です」

「そうか、そりゃ楽しみじゃのう」

「はぁ」

「悪かった、そうとは知らんかったもんで」

「いえ、いいんです。覚悟はできてますから」

「そうか、そうならそうと言ってくれればいいのに……水臭いのう」

「いえ、みなさんにいらぬ心配をおかけしては申し訳ないですから」

会話が途切れた。

ふたりの様子を見かねた浦川さんが助け船を出してきた。

「おいおい、しんみりしちゃってどうしたの？　まったく大畑のお節介にも困ったもんよ。それはそうと、おぬしは書かんのか、手紙」

「手紙？　俺が？　遺書を？」

「ああ」

「へ、あほぬかせ。アメちゃんの弾に当たって死ねるか。わしゃあ死なん、だから遺書は絶対に書かん。そう決めとるんじゃ」大畑さんが大見得を切った。

「相変わらず威勢がええのぉ」浦川さんがいつもの調子で混ぜっ返した。

すると、大畑さんが真顔になって咳払いをひとつした。そして、涼月の過去を砲塔の仲間たちに言い聞かせるようにゆっくりと語り始めた。

「浦川。おまえは涼月に乗船して日が浅いから詳しくは知らんだろうが、我が涼月は不死身じゃ。ほんとおに不死身じゃ。わしゃ、涼月が艤装する前から乗っとるから、よ〜っ知っとる。涼月はこれまで二度も艦首をやられた。二度もだぞ。一度目は忘れもせん、昭和十九年一月十六日じゃった。ウェーク島に兵員、物資を輸送するため、宇品を出航したんだが、土佐沖で敵潜の魚雷二本をまともに喰らった。艦橋も煙突も艦上の構造物が、ぜ〜んぶ吹き飛ばされた。駆逐隊司令、艦長以下乗組員二〇〇名以上が一瞬にして戦死じゃ。同乗していた陸軍の兵士も全員やられてしもうた……」

大畑さんの目が心なしか潤んだ。

兵員室の全員が手を止めて、大畑さんの言葉に聞き入っている。

「上官で残ったのは、特務将校ひとりだけじゃ。あんときは難儀した。曳航される途中でワイヤーが切れてのぅ。もう駄目かと思った。それでもなんとか呉まで辿り着いた。修理に半年かかった。二度目は、同じ年の十月じゃった。大分から台湾に向けて出発したが、宮崎沖でまたも敵潜の攻撃を受け、艦首をもぎ取られた。それでも、自力で呉に帰還した。そうして、ほれ、このとおり、再び蘇ったというわけじゃ」

大畑さんはここまで語り終えると、ほうと息をついて森さんの顔を見た。

「だから、今度も大丈夫じゃ。わしが太鼓判を押す。な、森、だから心配すんな。赤ん坊の顔を見るのを楽しみにしておれ」

そう言って森さんの肩を両手で軽く抑えると、大畑さんはひとり部屋を出て行った。

しばらくして係員が手紙の回収を告げに回ってきた。

「本日、ヒト・サン・マル・マルまでに、各班とりまとめるように。髪の毛や爪も半紙に包んで提出のこと。泣いても笑ってもこれが最後の機会、出し忘れのないように」

出撃

日が西に傾いた。

午後四時三〇分、連合艦隊第二艦隊は徳山沖を出発した。軽量級巡洋艦矢矧を先頭に、続いて僚艦冬月、涼月は三番手を勤めた。しんがりが戦艦大和だった。十隻の艦隊が残す長い帯状の航跡が南へ南へと伸びていった。

小谷隊の面々は甲板にいた。潮風を頰に受けながら涼月の一本煙突を見上げている。煙突の側面には、菊の文様と水流を組み合わせた見慣れないマークが白ペンキで大きく描かれていた。小谷さんが「あれが菊水のマークだ」と教えてくれた。その昔、楠木正成が旗印に使ったんだそうだ。だから、沖縄特攻の作戦名も別名を菊水作戦という。

「我々が菊の御印を掲げられるとはなあ」

小谷さんは感慨深げにいつまでも煙突を見上げていた。

その後、僕は小谷隊と別れ、艦長の元に向かった。

艦橋の急な階段をビル二階分ほど登り切ると、三面が四角いガラス窓で区切られた部屋があった。艦長はその中央に腕組みして立っていた。前方には直径が僕の肩幅より広い丸舵、横に羅針盤、そして後方には海図や分度器のような測量機器が乗ったテーブルがあった。

艦橋では数人の乗組員が慌ただしく働いていた。

艦長は僕の存在を認めると、「おう」と口の中で言った。

「みなさん、忙しそうですね。何をしているんですか」

「伝令だよ。艦内各部署に指令を伝える役割だ。いつもは伝声管を使う。ほれ、ラッパの口のようなもんがいくつも突き出ているだろ。あれを使って艦内の連絡を取り合う。電話の場合もある。だが機械にばかり頼ってはおれん。いざという時に一番頼りになるのは人間様だ。戦闘時には彼らが走り回ってくれる。年端もいかない若者たちだが、頼もしいかぎりだ」

艦長は目尻を少し下げながら辺りを見渡した。

「横溝っ、気合いの入れすぎだ。肩の力を抜け、本番はこれからだぞ」

艦長に声を掛けられた伝令は、ばつが悪そうに頭をぽりぽりと掻いた。すかさず目上の兵士がその伝令のところに駆け寄って何やら話しかけた。横溝伝令は両肩を上下に動かす仕草をした。

「はい、わかりました。宮田見張長」という横溝伝令の声が僕の耳まで届いた。

その様子を見ていた艦長が首に下げていた双眼鏡を外して僕に渡した。

「ほれ、覗いてみるか」

　両手にずしりと来た。双眼鏡を覗くが、なかなか焦点が合わない。それに重くて双眼鏡を固定できない。艦長が下からふっと支えてくれた。

「どうだ、見えるか」

　僕は大きくうなずいた。

　レンズの向こうに大和がいた。縦長の航行はいつのまにか輪形陣と呼ばれる円形の布陣に変化していた。円の中心に位置する大和までは「二キロは離れている。が、手が届きそうだろ」

　停泊中はあまり意識しなかったが、とてつもなくデカい。いや、デカすぎる。双眼鏡を左から右にゆっくりと平行移動させた。が、いつまで経っても船尾が見えない。

（こりゃ、船というより島だ）

　なかでも砲身の太さはモンスター級だ。砲身の上で運動会の徒競走ができると思った。

　艦橋の大きさも駆逐艦の比ではなかった。十階建ての高層ビルが海上にそびえているようなものだ。艦橋室の広さも、こっちが四畳半一間なら、大和のは二〇畳のリビングってところだろう。

　艦橋内に立つ人の顔が見分けられるほど、涼月と大和は寄り添っていた。

「大きいですね」

僕は感想をオブラートに包んで言った。

「ああ、世界に冠たる不沈戦艦だ。日本もやるときゃやるだろ、目にしっかりと焼き付けておけよ。だが、気を付けないとこっちが潰されてしまう。如何せん、あっちは小回りがまったく利かんからな。大和に乗りたがる将校は多いが、わしゃ、ああいう大きな船はどうにも性に合わん。駆逐艦がちょうどいい」

「はあ、でも……」

「でも、何だ？」

「ちょっと大きすぎませんか、大和って。大きすぎて動きづらそうですね」

（ストレート過ぎたかな）

ぶしつけな質問に一瞬むっとしたようにも見えた艦長は意外なことを口にした。

「そうか、お前もそう思うか。敵にしてみれば、これほどわかりやすい標的はない。ここに至るまで、思うような戦績を上げていないのも事実だ。はたしてあの大きさが吉と出るか凶と出るか。今回の作戦の成否もその一点にかかっている。ま、何事もやってみなけりゃわからんがな」

僕は、言葉をいったん納めた艦長の横顔が引き締まるのを感じた。

「だが、これだけはお前に言っておく。特攻作戦ってのは、しょせんは外道。下の下の類だ。兵学校出の軍人なら、そんなことは誰でも知っておる。やっちゃいかんお手本のようなもんだ。考えても見ろ、せっかく手塩にかけて育てた有為な兵士をただ一度の攻撃のために失うのだぞ、それも確実にな。戦術戦略もあったもんじゃない」

艦長は吐き捨てるように言い、こう付け加えた。

「しかしな、外道だと百も承知であっても、やらなきゃならない時もある。今がその時なんだよ」

加計呂間島

「どうされました、艦長」

いつの間にか、平山艦長の隣に倉本砲術長が立っていた。

「いや、何でもない」

「誰かと話をされていたような……」

「気のせいだろ」

「はあ」

砲術長は、軽くいなされてバツが悪そうにしながらも言葉をつないだ。

「それにしても、昨夜は随分と聞こし召されましたな」

明朗快活、屈託のない物言いだった。

「はは、そうだったか」

「夜中に揺さぶり起こされたときには、いささか驚きました」

「まあそう言うな。久々の酒宴だ。回りも早かった。大目に見ろ。そういう君らも楽しくやっておったじゃないか」

「ええまあ。うまい酒を飲ませていただきました」

「お合いこだな」

「いえっ、あのラッキョー踊りには閉口いたしましたっ」

「何を言う、君も楽しそうに踊っていたじゃないか」

艦橋内にカカというふたりの笑い声がこだました。

艦橋の右側の窓から早春の夕陽が差し込んでいた。左には瀬戸内海の島々、そして遠く四国の佐多岬が夕日に淡く染まって見えた。

艦橋は海面十メートルに位置している。眺めは最高だ。海岸線沿いの浜辺には漁村だろうか、民家が点在していた。家の窓からは薄ぼんやりとした明かりが漏れ、釜戸の煙が何本か立ち登っていた。

「さらばニッポン、わがふるさと、ですか」砲術長は感慨深げにつぶやいた。

「瀬戸の島影あとにして…か。安っぽい流行《はや》り歌だな」

「瀬戸内の風景もこれが見納めですね」

「そういうことだ」

少しあって倉本砲術長が尋ねた。

「確か、艦長のお生まれは……」

「奄美だが」

「そうでしたね。と言うことは、このまま南下を続ければ……」

「ああ、ちょうど奄美あたりだな。沖縄に突っ込むついでに、ちょいと立ち寄っていくとするか」

艦長が下手な冗談を言った。

「それも一興かもしれませんね」

会話はここで途切れた。

ふたりは、そのまま黙って前方に広がる海原を見つめていた。


平山艦長の生まれ故郷は鹿児島県奄美大島だ。

奄美は奄美でも加計呂間島、「かけろまじま」と読む。舌の上で飴玉がころがるような不思議な名前の島だ。奄美大島の南西に位置し、狭い海峡を隔てて大島と隣接している。

大島側の古仁屋《こにや》の港から加計呂間島の生間《いけんま》の船着き場まで、今なら漁船を改良した「水上タクシー」で十分もかからない。小型のフェリーも行き来している。なぜそんなことを僕が知っているかというと、四年前に家族で行ったことがあるからだ。おばあちゃんも同行した。だから正確には五人旅。

おばあちゃんにとって自分の父親の故郷に行くのは、この旅行が生まれてはじめてだった。出発前、体調を崩していた大おばあちゃん（おばあちゃんの母親、つまり平山艦長の奥さん）から「私の代わりにしっかり見てきておくれ」と頼まれた。大おばあちゃんもまた、結婚以来一度も奄美に行ったことがなかった。

戦前のこととはいえ、艦長はなぜ二〇歳前の新妻を連れて故郷に帰らなかったのだろうか。なぜ可愛い一人娘に自分の生まれ故郷を見せてあげなかったのか。不思議と言えば不思議な話だ。

今でこそ羽田から飛行機で二時間あれば、奄美大島北端の空港に到着する。南北を貫く国道が整備され、島の中心地・名瀬へもクルマですぐだ。しかし、泊まったホテルの人がこんな事を言っていた。

「島中どこも道がきれいでしょ、国が金をかけたからね。でもそれまでは、戦後だって尾根伝いの細い道しかなかったですよ。雨が降れば乗り合いバスは通行止め。谷底に落ちるクルマもあった」そうだ。

ましてや戦前のこと。加計呂間島から名瀬へは島伝いに小舟をこいで一日仕事、そこから鹿児島へはさらに船を乗り継いで二、三日はかかったろう。昭和初期、戦況が悪化する前とはいっても、加計呂間島への帰郷には今では想像もできない覚悟が必要だったのかもしれない。でも、ほんとうにそれだけが理由だったのだろうか。今となっては確かめようもない。

奄美大島側からの水上タクシーを下りてクルマで数分、加計呂間島の反対側にたどり着くと、諸鈍《しょどん》の入り江が広がっている。白い砂浜に薄青色の波が静かに打ち寄せる。戦後作られたであろうコンクリートの波よけがなければ、手つかずの自然と言いたいところだ。ここ諸鈍の浜は、父が学生だった時分までは島尾敏雄作「死の棘」の舞台として文学青年の間で知られる程度だったが、映画「男はつらいよ」シリーズ最終作「寅次郎紅の花」が封切られるや、浅丘ルリ子扮するリリーが住む場所として全国に知れ渡る。

僕たち家族が訪れたときは、五月の強い日差しがデイゴ並木のもとに濃い影を落とし、誰もいない浜辺に土産物屋が一軒ぽつんと建っていた。水中艇で珊瑚礁を観光できる古仁屋とは違い、人が訪れることも少ない。平山の生家はそこからほど近い場所に残っているはずだった。唯一の手掛かりは、おばあちゃんが艦長から生前に聞いていた「敷地の隅に大木のある家」という言葉だけ。道すがら、多分ここら辺だろうと目星を付けたところまで来たとき、一階が以前商売をやっていた造りの家を見つけた。思い切って、おばあちゃんが道を尋ねてみることにした。

「すみませ〜ん」

おばあちゃんの声に家の奥から中年の男性が顔を覗かせた。

「すみません、この辺りで平山甚四郎さんの家があった場所、ご存じないでしょうか」

甚四郎とは平山艦長の父親の名である。つまり僕の曾曾おじいちゃん。加計呂間島で小学校の校長先生をしていた。母の名はタツ、士族の娘だったという。それにしても、曾曾おじいちゃんの名前を覚えている人が未だに生きているとは常識では考えられない。だって、明治九年生まれの甚四郎さんが活躍していたのは百年以上も前、歴史の世界のはなしだ。

（おばあちゃん、いくらなんでもそれはないでしょ）

ところが、である。尋ねられた男の人は「ああ、甚四郎さんね」と、まるで隣の人の名前でも口にするように軽く返事をすると、「お〜い、甚四郎さんとこ、どこだったかな」と奥に向かって尋ね返した。中から奥さんらしき女性も出てきて「甚四郎さんねえ」と頭をひねる。

「ああ、少し行った先の左に空き地がありますから、そこだったと思いますよ。まあまあ、甚四郎さんのお孫さんですか、遠くからわざわざ」

あっけなく、あまりにあっけなく場所は特定された。僕たちは教えてもらった方向に進んだ。「大木」はすぐに見つかった。雑草が大人の腰の当たりまで生い茂る空き地の角に、その木は百年前と同じ姿を留めていた。明治三十九年、甚四郎の長男敏夫はこの地に誕生した。

日露戦争勝利の翌年のことだった。

加計呂間島は、竜が両手両足を四方に伸ばしてのたくったような形をしている。奄美大島にそっと寄り添い、その合間に小さな島々が点々と連なる。旅の途中、大島側の丘の上の展望台に昇った。そこから加計呂間島を眺めたときだった。父がすっとんきょうな声をあげた。

「ほら見て見て、瀬戸内海だよ、ほんと瀬戸内海そっくりだ」

つられて母が駆け寄って手すりから身を乗り出した。負けずに姉と僕が大人の肩口から顔を出した。僕たちは南の島の珊瑚礁の海に、もうひとつの瀬戸内海を発見した。丘の麓の町の名は「瀬戸内町」というのだった。

加計呂間島出身の僕の曾おじいちゃんは長く呉に居を構えていた。

世界に冠たる海軍の都。戦艦大和を産んだ街。当時、呉は人口でも国内五本の指に入る大都市だった。呉は背中に山を背負った街だ。港の対岸が海軍兵学校のある江田島、南東奥には倉橋島が音戸の瀬戸を隔てて横たわる。

呉に住んでいると、視界のどこかにいつも海と島があった。それは、奄美、加計呂間島でも同じだったろう。ふるさと奄美の瀬戸と本州の瀬戸内海を平山艦長は心のどこかで重ね合わせていたのではないだろうか。倉本砲術長から生まれ故郷について尋ねられたあとの沈黙は、そのせいだったような気がする。

瀬戸は日暮れて、特攻に赴く海の兵士たちを静かに見守っていた。そして、涼月は二つの瀬戸を結ぶ運命の海線上を大和とともに時速二〇ノットで航行していた。

見えない敵

南下を続ける艦隊を暗闇が覆った。

涼月の艦橋の空気はぴんと張りつめていた。時折「探信、異常なし」の報告が水測室から入った。探信とは探信儀のこと、今で言うソナーだ。水測室では水中測的員がレシーバーを耳に押し当てて敵潜水艦の放つ微かな異常音に全身の神経を集中させている。

（それにしても）と思ってしまう。

（数時間前に瀬戸内海を出発したばかりだ。第一、ここはまだ九州と四国の間だよ。なのに、なんでこんなにピリピリしているんだ？）

そんな僕の疑念を察するように艦長がボソリと言った。

「ここらの海には敵の潜水艦がウヨウヨしている」

「自国の海なのに、ですか？」僕は思わず聞き返した。

「ああ」艦長の答えは短かった。

涼月が二度大破した海域も日本の内海だった。大畑さんがそう言っていた。日本を囲む海がこの国を守っているというのは大きな間違いだった。むしろ、海が見えない敵を呼び寄せていた。この時期、日本の内海も近海も、アメリカの潜水艦と機雷で埋め尽くされていた。沖縄にたどり着く前に、敵と遭遇するのは必至だった。


午後七時過ぎ、豊後水道を通過。

天は雲に覆われ、月明かりはない。エンジンの音だけが低く重たく響いている。

そこに静寂を破る一報が飛び込んできた。

「敵潜らしき兆候を確認」

探信儀が何かを捉えた。艦内がにわかに慌ただしくなった。

「緊急右四十五度、一斉回頭」

大和からの指令を受け、艦長が指示を出す。舵がグルグルと高速回転して右に切られた。艦は次第に左へと傾きを増し、僕の体に少しばかりのGがかかる。思わず両足を踏ん張った。

全艦そろって右方向へ直角に進路変更。

敵の潜水艦は艦の右か左か。艦橋にいる誰もが窓際にへばりついて周囲の海面に目をこらす。

「宮田、何か見えるか?」艦長が見張長に問いただす。

「いえ、何も」

「横溝、そっちはどうだ?」

「……確認できません」横溝さんが無念そうに言う。

「よく見ろ」

「はっ」

誰もが押し黙って海面を見つめた。が、艦橋の真下で砕ける波しぶき以外、黒一色の世界に何も見つけ出すことはできなかった。

大和から続報が入った。

「全艦、『之の字』航行を開始せよ」

「之の字」航行とは、敵潜水艦などを攪乱させるため、漢字の「之」の形通りジグザグに進んでいくことだ。艦隊は見えない敵に神経をとがらせ、一定の間合いで右に左に進路を変えながら南下を続けた。

結局この夜、敵からの攻撃はなかった。

緊張の夜は終わり、運命の日が明けた。

夜がしらじらとしはじめるころ、艦隊は九州の南端、大隅海峡に差し掛かっていた。涼月の右手にカミソリの刃のように切り立った断崖が迫った。

海峡を通過してしばらくの間は二〇機ほどの零戦が艦隊の上空を警護していたが、それもいつのまにか見えなくなった。どこか九州の基地に戻ってしまったのだろうか。途端に心細くなる。その思いは涼月の乗組員ばかりか、艦隊全体に広がっていた。

（それはそうと……）

お腹がすいた。チビガミと呼ばれようが、すくものはすくのだ。朝食にありつくため、僕は徹夜の眠い目をこすりながら小谷隊のもとに向かった。

小谷隊の居室では、ちょうど朝食が配られるところだった。朝食と言っても戦闘食、大ぶりのおにぎりふたつと沢庵が竹の皮に包まれた簡素な食事だ。まあ、非常食は古来、握り飯と決まっている。

「神様も腹が減っては、戦はできまい」

僕に目を留めた小谷さんはそう声を掛けると、竹の皮包みをポンと手渡した。配給係は童顔の水兵だった。年はもしかしたら高校生の姉より下かもしれなかった。

竹皮を開く。素手でつかむとズシリと重い。コンビニのおにぎりの二倍はある。ほお張る。お米の密度が違う。これでもかと握り締められている。ひとつで満腹になった。

僕はふと部屋の片隅に目をやった。見知らぬ若い水兵が少し屈み気味の格好で、半分ひしゃげたおにぎりを急いで口に運ぼうとしていた。それを見た大畑さんが周りに聞こえる大きな声で言った。

「早く腹に入れとけよ。いつ何時戦闘が始まるとも限らん。最後のおまんまを喰いそびれては、死んでも死に切れんからな」

するとそばにいた浦川さんが「おいおい、そんなに急がせるな。米粒を喉に詰まらせて死んでしまっては親が悲しむぞ」と、おどけて言い返した。若い兵士は食べかけのおにぎりを口いっぱいに押し込むと、指に付いたご飯粒をペロペロとなめた。

「握り飯で名誉の戦死ってわけか」

周囲に笑い声が弾けた。僕もつられて笑った。

これが小谷隊の笑い納めになった。


午前七時過ぎ。

艦橋の双眼鏡がグラマン哨戒機三機を捉えた。

「意外と早かったな」

平山艦長は独り言を漏らすと、念のために全艦への連絡を指示した。同時に涼月のマストに対空戦闘を示す信号旗がスルスルと上がった。

「敵は我々の動きをつかんでいるのでしょうか」

倉本砲術長は自分の考えを確かめるように尋ねた。

「おそらくな」

「やはり」

「昨夜の早い時期から捕捉されていたはずだ」

「でも、なぜ攻撃してこないのですかね」

「なぶり殺しにでもするつもりらしい。敵の本隊まではまだ距離がある。あと数時間はかかる。それまではゆっくりしていいようや」

「まな板の上の鯉というわけですね」

「鯉だか鯛だか知らんが、それも悪くない」

艦長は、煙草の先に火を付けて煙をブワッと吐いた。

時間だけがジリジリ音を立てて過ぎていった。


二番砲塔の小谷隊も思いは同じだった。みな黙り込んで来るべき時を待っていた。浦川さんをはじめ、全員の頭には「特攻」の真新しい鉢巻きがしめられていた。

砲塔の内部は六畳ほどの広さしかない。空気は重く動かない。何もすることがないと息が詰まる。小谷砲員長がしびれを切らして声を発した。

「おい、森、外を見てこい」

森さんははっとして立ち上がった。すぐに天井の四角いハッチを開けて顔を外に出した。

空を見上げグルリと辺りを観察すると、砲塔内に向き直って状況を報告した。

「雲が低過ぎます。千メートルもありません。これでは敵の捕捉が遅れます」

「高角砲日和とはいかなかったか。けど、この天気じゃ敵さんも攻めにくいじゃろ」

自分に言い訳するように大畑さんが言った。

「曇天では、大砲にとっちゃ不利だな」

小谷さんがめずらしく苛ついている。

「お天道様が顔を出してくれんかのう」

浦川さんの沈んだ言葉がみんなの気持ちを代弁していた。

そんな落ち込んだ雰囲気に喝を入れたのは、意外にも森さんだった。

「さあさあ、みなさん、どうしたんですか。いつもの元気、どこいったんですか。天気なんて関係ないですよ。敵はすぐそこまで来ているんですよ。返り討ちにしてやろうじゃないですか。みんな、いつもそう言ってたじゃないですか。気合い入れていきましょうよ」

砲塔内のだれもが呆気に取られた。

小谷さんは（森、どうしたんだ？）という顔をしたが、すぐに気持ちを取り直した。

「そうだな、森の言うとおりだ。天気を恨んでも仕方がない。俺たちにできるのは全力で戦うことだけだ」

砲員長の言葉に全員が深くうなずいた。

防空指揮所

時計の針が午前十一時を回った。

低く垂れ込めた雨雲の裏側から、ゴウゴウという爆音が漏れてきた。機影は見えない。不吉な音だけが次第次第に近づいてきて、艦上にいるすべての人間の鼓膜の奥を振るわせている。

その低音は、僕に「風の谷のナウシカ」の一場面を想起させた、トルメキア軍の大編隊が風の谷に攻め入る様子を。父ならさしずめ、連続テレビ小説の定番だった太平洋戦争末期の空襲のようだと思っただろう。

事実、アメリカ軍は圧倒的な物量をもって日本海軍の息の根を止めにかかろうとしていた。

正午。後部電探からの報告が艦上の静寂を破った。

電探とは電波探知機の略称、レーダーのことだ。涼月に装備されたレーダーは、一五〇キロ先の敵編隊を識別できる当時最先端の装備だった。

伝令の横溝さんが震える声で復唱する。

「左三〇度、一二〇キロ。目標確認。敵機大編隊の模様、北上近接す。繰り返す。左三〇度、一二〇キロ。目標確認。敵機大編隊の模様、北上近接す」

「おいでなすったか」

平山艦長はけだるそうに言うと、直ちに指示を出した。

「全艦に連絡、敵大編隊、左三〇度、一二〇キロ、北上中」

「了解！」

横溝さんが艦長指令を通信室に伝える。

「艦隊各艦に発信。敵大編隊、左三〇度、一二〇キロ地点を北上中」

続いて倉本砲術長が反応した。

「山崎、ブザーだ。ブザーを鳴らせ」

横溝さんの横にいたもうひとりの伝令が壁のスイッチを力任せに押した。

ビイーッ。ビイーッ。ビイーッ。

耳をつんざくブザー音が一気に艦内を駆けめぐった。

同時に山崎伝令は艦内放送の発声器に飛びついた。

「戦闘用意、全員配置につけ。戦闘用意、全員配置につけ」

前部電探から報告が飛び込む。

「右九〇度、六〇キロ、敵編隊」

砲術長が一瞬色気ばんだ。

「右九〇度だとっ。真横に敵が迫っているなど……」

艦長はといえば、火の消えた煙草をしがんで微動だにしない。砲術長はその様子を見て気持ちを立て直した。

「各電探、再度確認の上、至急報告せよ。落ち着け、目標を見誤るな」

砲術長は自分の言葉に平静を取り戻した。そして、一呼吸おいてから艦長のほうに振り返った。

「そろそろ防空指揮所に」

「おう、そうするか」

平山艦長は倉本砲術長の言葉に促され、艦橋の後部中央にある梯子を登っていった。宮田さんや横溝さんら伝令部隊が後に続いた。

狭い階段を登ると、そこはただの屋上だった。周囲に腰高の壁はあるものの、屋根は一切ない。上空からは丸見えだ。そこは戦争をするには無防備極まりない場所だった。

艦橋より更に狭いスペースに艦長、砲術長、そして四人の伝令、見張員たちがひしめいている。中央に、行楽地の展望台にあるような固定式の双眼鏡が設置されていた。その横には艦橋と同様、電話の受話器、それから伝声管がラッパ口を広げていた。伝令たちはしゃがみ込んで背丈の低い伝声管にかぶりついていた。

後ろを振り返ると、左右に出島のようなスペースが突き出ていて、見張員たちが陣取っていた。さらに、防空指揮所の真後ろには、奇っ怪な形をしたアンテナ群が空に伸びていた。

これが敵を捕捉したレーダー本体の姿だった。

遅れてやってきた僕に艦長がひそひそ声で話しかけてきた。

「まあ見ておけ、じきにドンパチ始まる」

そして不安げな僕の様子を見て、こう付け加えた。

「なんだ、怖じ気づいてるのか？　心配するな、簡単にはやられやせん」

「でも、こんな場所では敵の弾を避けようがないです」

艦長はニッと笑っただけで僕の言葉には答えず、砲術長のほうを振り向いた。

「倉本」

「はっ」

「花曇りと言いたいところだが、ちょいと嫌な天気だな」

「雨が降っていないだけでも良しとしなければなりませんよ」

「そうだな、ものは考えようだな」

電探からは次々と情報が届けられた。

「左九〇度、一〇〇キロッ」

「左三〇度、七〇キロッ」

「右九〇度、六〇キロッ」

「左一二〇度、八〇キロッ」

「も、目標が多すぎますっ」

横溝さんがこらえきれずに声を発した。

「バカな、あり得ん。四方を包囲されるなど……」

倉本砲術長は電探の情報に納得のいかない様子だ。

「砲術長、計器の調子がおかしいのでありましょうか」

「そ、そんなはずは……大気の状態が不安定なせいかもしれん」

「はい……」

「いや、電探の言うとおりだよ」

艦長の声だった。

「え？」倉本さんと横溝さんは思わず艦長の顔を見た。

「敵さんに包囲されたってことだ」

艦長が言い終わると同時に、前方の雲間から敵の編隊がちらりと姿を見せた。およそ三〇機。ゆっくりと左方向に移動し再び雲間に隠れて見えなくなった。続いてまた二〇機、これも左へと旋回していく。敵の大編隊はいくつもの小編隊に分かれて厚い雲の後ろに身を潜め、攻撃の機会をうかがっていた。

この時、第二艦隊は大和を中心とする半径二千メートルの円周上にならんでいた。最前列に軽巡矢矧、そして時計回りに、朝霜、霞、冬月、初霜、雪風、涼月、浜風、磯風がぐるっと大和を囲んでいた。ちょうど涼月の右前方に巨艦大和がいた。

その大和の主砲がついに放たれるときが来た。

雲海の敵編隊目掛けて、四十五口径四十六センチ三連装砲が火を噴いた。白煙に遅れること数秒、残響が涼月の艦橋に到達した。砲弾は数千メートル先の空中で炸裂し、無数の破片を雲間にまき散らした。しかし、敵編隊の様子に大きな変化はない。

防空指揮所からその様子を肉眼で見ていた僕は、ある種奇妙な感覚に捕らわれていた。爆弾は確かに爆発した。でもそれは遥か遠くの出来事でしかなかった。実感はなかった。まるでスクリーンに映し出された作り事のようだった。

爆発によって、銀紙を細かく切り刻んだ紙吹雪のような煌めきが天球の一角を覆った。それをなぜだか僕は素直にきれいだと感じた。望遠鏡で覗き見る敵の編隊も雲上からの太陽光を銀色の翼に反射させてやけに美しい。

いったい人は何を美しいと感じるのだろうか。

父が以前、僕にこんな話をしてくれたことがある。

ひとりの高校教師がいた。

父が密かに尊敬していたその歴史の教師は、丸メガネをかけ、ちょうど手塚治虫が描く自画像をずっとガリガリにした感じの風体をしていた。廊下を歩くときは背中を丸めていたが、黒板を背にすると背筋がしゃきっと伸びた。「社会科教師、見てきたような嘘を言い」が口癖だった。昭和一桁生まれ、戦時中は小学生。昭和二〇年三月十日の東京大空襲もくぐり抜けた。

前年の昭和十九年七月、アメリカ軍はサイパン島を奪取し、日本列島を空爆の射程内に捉える。東京への空爆が本格化したのは昭和十九年十一月以降。東京大空襲のときまでは、都市への攻撃は昼間に敢行されていた。富士山が格好のランドマークになっていた。富士山頂上空から東京まではわずか十分足らずだった。

その日も、東京の空を長距離戦略爆撃機B29が埋め尽くした。機体は夕日に照らされてまばゆいばかりに輝いて見えた。少年はその様子を中野の自宅の屋根に登って眺めていた。四発のプロペラが発する爆音が少年の横隔膜を震わせていた。

「私はそれをほんとうに美しいと感じたんですよ」

教壇に立った教師は、ひょろっと伸びた両腕を顔の横あたりで上下に揺り動かしながら語気を強めた。

「美しかったです。身震いするほど美しかった。それが何をもたらすのか、子供心にもわかってました。それでも美しく思った。人間ってそういうふうに感じるんです。人間ってそういうもんなんです」

少年が美しいと感じた物体からは無数の焼夷弾がばらまかれた。地上の火炎地獄と上空に煌めく飛行物体。教師の声は震え、目は潤んでいた。父はその授業で何を教わったのか一向に覚えていない。日本史の授業だったのか、それとも、ホームルームの時間だったのか。とにかく、この時の教師の様子がどうしても忘れられないのだという。

手の届かない遠くの戦争はどこか美しく、それを美しいと感じる人間はどこまでも矛盾に満ちた存在だ。父は僕にそう伝えようとしたのかもしれなかった。

雲の切れ間から一筋の陽光が鉛色の海原に差した。そこだけが神々しい輝きに染まった。

高角砲

敵編隊は大和に照準を合わせた。

左に左にと回り込んでいた機群から、一固まりの戦闘機が離脱した。数機が翼を翻し渡り鳥が連なるように急降下をはじめた。ついに敵の攻撃がはじまった。

大和もすかさず応戦する。高角砲が次々と発射され、黒煙が敵機の行く手を阻む。

敵爆撃機は、ある一定の距離まで大和に接近して爆弾を投下すると、素早く軌道を上昇に反転させた。見る間に大和の左舷右舷の海面に数十メートルの水柱が林立し、水しぶきがその巨体を包んだ。涼月の防空指揮所からも一瞬だが大和の姿がかき消されるほどだった。

涼月から肉眼で見る大和の様子は、僕にはまだテレビで見る戦争でしかなかった。

が、そんな甘っちょろい感覚はこの直後に吹き飛ばされる。

「そろそろ、おっ始めるとするか」

敵の動きを見て取った平山艦長が右の眉をちょっと上げた。

「撃ち方、ヨーイッ」艦長の意を酌んだ倉本砲術長が即座に反応する。

「撃ち方、ヨーイッ」指令が左右の伝令から各部署に伝えられる。

数秒後、前後八門の高角砲がゴウゴウと音を立てながら砲身を大和上空の方角に回転する。

「ウッテーッ」

「ウッテーッ」横溝さんたちが伝声管に顔を埋めて復唱する。

「ほうれ、耳を塞いでおけよ」

艦長が言い終わると同時に、前後八つの砲門が一斉に開いた。凄まじい爆音が僕の鼓膜を貫いた。直後に空気の分厚い壁が僕の体を一気に突き抜けた。艦長が笑いながら何か話しかけてきた。が、耳がキーンとして聞こえない。空あくびを二度ほどすると、なんとか聴覚が戻った。

「どうした、大丈夫か。まだはじまったばかりだぞ」

「は、はい」

僕はこう答えるのがやっとだった。お腹の底に砲撃の振動が残っていた。

涼月から放たれた砲弾は大和を遠巻きにする敵の大群に飛び込み、一秒間隔で次々に炸裂した。見ると、黒煙の合間から数機がひらひらと花びらを散らすように落ちていくのが分かった。

「艦長っ、命中です!」

宮田見張長が興奮気味に報告する。

艦長は表情ひとつ変えない。僕はと言えば艦長の真横で、(いの一番にやられるとは、なんて運が悪いんだろ。でも、そういうヤツって、いつでもどこにでもいるんだよな……)そんなことを漠然と考えていた。

二番砲塔は、砲塔長のもと、左右二班に分かれ、それぞれ砲員長、射手、旋回手、信管手、伝令の五名、計十一名で構成されていた。

担当は細分化されていてすべてが連携プレーで行われる。射手の浦川さんの目前には、直径二〇センチと十五センチの大小二つの目盛り盤がある。二枚の盤にはそれぞれ赤い針がついていて敵の位置を示している。浦川さんが二本の針を同じ位置に合わせる。旋回手の大畑さんが赤い針の方向に手輪を勢いよく回転させ、砲身を敵機に指向させる。一番砲塔にけたたましいブザー音が響き渡る。「発射!」の合図。四つの砲塔全八門がほぼ同時に火を噴き、轟音が天を突く。

撃ち終わると、即座に薬莢《やっきょう》が取り出され、次の砲弾が装てんされる。弾丸は砲塔の下の弾庫からチェーン式の揚弾機で続々と持ち上げられる。発射間隔は最速でおよそ二秒。目にも止まらぬ連続動作だ。砲塔の内部は、白煙を燻らせる薬莢であっと言う間に埋め尽くされた。

発射された砲弾は大和上空に群がる敵機の群れに飛び込み炸裂した。

閃光。黒煙。撃墜。

しかし、自分たちの行為の結果を砲塔員が目撃することはない。ただただ砲塔という名の鉄かごの中で自らの役目を全うするだけだった。

高角砲の砲撃が絶え間なく続く。

そのたびに、発射の地鳴りが防空指揮所を揺らす。敵機の群れは、高射砲を避けるように分散したかと思うとまた別の地点に集結し、そこから大和への急降下を繰り返す。

目指すは大和、他の艦艇にはいっさいお構いなしだ。

「小しゃくな、我々は後回しってわけですか」

倉本砲術長が苦虫を噛み潰す。

「後からゆっくり料理しようってことらしいな。それもよかろう」

艦長がそう言い終わって数秒後だった。

敵機の爆弾が大和の船体を捉えた。左舷の甲板辺りだ。煙が上がるのがわかった。涼月からの遠目には、小さな水風船を地面に叩きつけてパシャンと破裂させた程度の感覚しか伝わってこない。それほど大和は悠然としていた。

砲術長は双眼鏡で大和の被害を確認して唸った。

「さすが、不沈艦と呼ばれるだけのことはある。ビクともしませんね。涼月なら一発で御陀仏ですよ」

「………」

砲術長の投げかけに艦長は無言だった。

すると、横溝さんが「艦長、上を」と右手を天高く指し示した。指揮所の全員が顔を真上に挙げた。敵機の一群が涼月の頭上にさし掛かろうとしていた。

「第一砲塔、第二砲塔。垂直発射、準備ヨーイ」

間髪入れず艦長の命令がこだました。

前甲板に設置された第一砲塔、第二砲塔の高角砲が一気に動いた。砲身は七メートル近い。真上の敵をねらい撃つため、四本の砲身が轟音とともに持ち上がる。第二砲塔は艦橋の目の前だ。仰角を増すごとに砲身が見る見る迫る。そしてついに砲身の最先端が僕らのほぼ目の前に来た。

(これかぁ、抹茶さんが言ってたのは)

抹茶さんが説明してくれたスティック・シュガーのことを思い出していると、艦長の怒鳴り声が聞こえた。

「今度のは強烈だぞっ」

艦長が耳を両手で押さえ、中腰に構えている。

(やばい)

本能的に直感したが間に合わなかった。

高角砲、垂直発射。

これまでの数倍の音量と数倍の風圧が防空指揮所を襲った。強烈な力で横隔膜が突き上げられ、僕の体は後方の壁に吹き飛ばされた。続いて褐色の熱風をまともに正面から喰らった。僕は両手を床についたまま、たまらず咳き込んだ。

艦長を見上げると、「そうれ、言わんこっちゃない」という顔をしていた。

(艦長、それならそうと、もっと早く言ってくれればいいのに……)

鳴り止まぬ耳鳴りのなかで僕はそう愚痴るしかなかった。体がしびれて言うことを利かない。鼻からのどの奥に入り込んだ火薬の味は、このあとしばらく取れなかった。

高角砲は、そんな僕の醜態にはお構いなく、仰角・方位を自在に変えながら、大和に群がる敵機に向けて砲撃を続けた。僕は二番砲塔の中で奮戦する小谷隊のことを思った。

照準

大和への攻撃は空からだけではなかった。

雷撃機から放たれた何本もの魚雷が波頭を切って大和に襲いかかる。それはさながら、深みにはまった巨牛に群がるピラニアの大群のようだった。

大和が右方向に旋回をはじめた。左舷への集中攻撃をかわそうとしているのだ。だが、その動きは鈍い。じれったい。大きすぎて小回りが利かないのだ。それでも徐々に舵が利いてきた。旋回が始まると、巨艦だけあって涼月との距離が一気に広がった。

状況を見て取った平山艦長が叫んだ。

「面舵一杯っ！」

伝令が即座に階下の艦橋に伝える。

「陣形を乱すな。航海長、大和から離れるんじゃないぞっ」

艦長の檄が飛ぶ。

艦橋全体がぐぐっと左に傾く。水面十数メートルに位置する防空指揮所の傾斜は予想以上に大きい。僕は体を持っていかれそうになって、足を踏ん張った。

涼月は大和の動きに合わせて進路を変えていく。それに連れ敵機の進入方向も刻々変化する。機銃も高角砲もその都度、方向を修正しなければならなかった。

「敵方位、確認」

「照準修正」

「敵機を見失うな」

「ちがうっ、もっと後ろだ」

倉本砲術長が矢継ぎ早に指示を発する。いつもと勝手が違うのか、冷静な砲術長も苛立ちを隠せない。

今や敵機は涼月のほとんど真後ろから侵入してくる。しかし、後方からの攻撃に涼月は慣れていなかった。

そのときだった。

「うおおおーっ」

後方の甲板から、機銃の発射音に混じって雄たけびのような声が聞こえてきた。

僕は腰をかがめて防空指揮所の縁に辿り着くと、攻撃の合間を縫って後方右舷側の甲板を恐る恐る覗き見た。

船体の側面には機銃の台座が並んでいた。機銃の銃身は、低空で侵入してくる敵機の動きに合わせて、後方から前方へ機銃の台座を急加速で回転させながら標的を狙い撃つ。一機が通り過ぎると即座に銃身の先を後ろ側に戻し、後続の敵機に狙いを定める。敵機が来襲するたびに、この動作が繰り返される。

銃身の先端からは乾いた連続音とともに弾が発射され、鉄兜をかぶった射手の上半身が小刻みに振動した。銃身は摩擦熱を帯びてみるみる真っ赤に変色していった。小なりといえども機銃群が一斉に火を噴くと、涼月は一瞬ひとつの火の玉のように膨張し、直後、艦は灰褐色の煙に覆われた。

煙が晴れた瞬間、ひとりの射撃手の顔がちらりと見えた。そう若くはない兵上だった。沖縄特攻に備えて増強された乗員のうちのひとりだろうか。雄たけびを上げたのが彼かどうかはわからない。が、その顔は鬼の形相だった。

右舷前方。

大和上空の敵の一機が身を翻し涼月に迫る。右側の機銃群がすかさず一斉射撃、敵機に弾丸の雨を浴びせた。

機体表面に閃光が弾けた。右翼の付け根から火煙を上げると、敵機は急速に高度を下げて、そのまま頭から海面に突っ込んだ。コックピットの中のパイロットは脱出を試みたが、機体はぶくぶくと海中に沈んでいった。あとには泡と渦だけが残った。


艦隊の円形陣は、各艦が右に左に舵を切るうちに、いつのまにかバラけていた。いったんは大和に追いついた涼月も同様だった。

砲術長が心配そうに言った。

「まずいですね、艦長」

「ああ……。大和との距離は？」

「見張長、大和との距離を確認」

砲術長が宮田見張長に命じた。

宮田さんが双眼鏡の向こうに大和を捉えた。

「およそ……およそ四千メートル、であります」

「四千メートルです」

「離れすぎたな」

砲術長の復唱に、艦長は鼻の頭を掻いた。

「これ以上、大和から離れては我が艦の砲撃が無意味になる」

「速度を上げますか？」

「全速だ、大和に追いつくぞ」

艦長の意を受けた砲術長が伝声管で艦橋の航海長に伝える。

「大和との距離を二千メートルに保て。艦を大和に近づけろ」

「了解ですっ」

航海長の緊張した声が返ってきた。

涼月は一気に速度を上げた。

機銃掃射

全速全開の涼月は徐々に大和との距離を縮めた。が、大和に近づくにつれ、敵の矛先は涼月に向けられはじめた。

大和を標的に魚雷や爆弾を投下した戦闘機は上空に戻る際、買い物ついでと言わんばかりに、退路に当たる涼月に対して機銃掃射を見舞った。それは照準もへったくれもなかった。

パイロットは一直線に機を走らせ、ひたすら発射レバーを引き続ける。弾丸は容赦なく涼月に鉛の雹《ひょう》となって降り注いだ。

「そこでよーく見ておれ。死にゃあせん」

艦長がビビる僕を励ました。直後、左舷ほぼ真横、敵の一機が機首をひらりと涼月に向けた。低空の戦闘機から放たれた機銃掃射の水しぶきが真一文字に接近してくる。間違いない、敵の狙いは涼月の中央部だ。僕は身を固くして身構えた。

キンキンキンキンキンキンキン。

無数に連なる金属音。こいつが人間の神経を切り刻む。弾丸にむしり取られた粉末状の金属片が空中に飛び散る。鉄のこげた臭いが鼻腔をくすぐる。肺に溜まった息を吐く。が、息つく暇もなく次が来る。

キュンキュンキュンキュン。

その間、わずか数秒。だが、恐怖に鷲づかみされた僕の足はすくみ、何もできない。機銃掃射の恐ろしさは体験した者にしか分からない。たとえ肉体をやられなかったとしても、精神が確実にやられている。

「今度は右ですっ」

横溝伝令が叫ぶ。

プロペラの回転音とともに戦闘機が艦橋上空を通過する。ほんの一瞬、コックピットが視界に入った。若い米兵の顔が見えた。目と目が合った。赤いマフラーをしていた。

「くそっ、すかした野郎だぜ。今度来たら撃ち落としてやる」

宮田見張長が吐き捨てた。

赤いマフラーが気になった。あの顔はどこにでもいるアメリカ人、僕にとっては見慣れた部類の顔だ。教育テレビでよく放映しているアメリカのハイスクールドラマに出てきそうなヤツだった。

ハーイ、ジョン。元気かい？　今度、太平洋地区に配属だってな。どうした、浮かない顔して、お前らしくもない。黄色いモンキーの鼻をへし折ってやるって息巻いてたじゃないか。そうか、キャサリンのことを気にしているのか。まあ、無理もない、あいつはお前にぞっこんだからな。お前の気持ちは良く分かるよ。でもなあ、ピザ屋のおばちゃんも言ってぜ、ジョンはいい飛行機乗りになったって。英雄になれるチャンスだぜ。お前ならやれるさ。またこの店で会おうぜ、リメンバー・パールハーバー。グッドラック、ジョン。

赤いマフラーは、キャサリンからの贈り物だったのだろうか。

防空指揮所に被害状況の報告が届いた。横溝さんが復唱する。

「左舷中央、機銃員二名死亡負傷者五名。魚雷発射管一部損傷。以上」

幸運と不運はいつもコインの裏表だ。

続いて機銃掃射第二波。

ヒュン、ヒュン。ピシッ。ヒュン、ヒュン、ヒュン。

機銃掃射の弾が僕の頬をかすめた。とっさに手のひらを頬に当てると、出血していた。が、痛みはない。いつもなら、かすり傷ひとつでも痛い痛いと泣きべそをかく僕なのに、体中の神経が逆立ちしていると痛みの回路がショートしてしまうのか。

僕は反射的に肩掛けバッグのファスナーを開け、右手をつっこんでバンドエイドを探した。でも、そんなもの、ここでは何の役にも立たない。

(何やってんだ、オレ。落ち着け落ち着け)

三度目の機銃掃射のときだった。

敵機は爆音を残して過ぎ去った。と、僕の左前方にいた若い兵士が突然、膝からドウと崩れ落ちた。さっき戦闘ブザーを押した山崎伝令だった。はじめ僕は、彼が足をやられたのだと思った。が、それはちがった。山崎伝令は死んでいた。彼は一言も発することなく死んでいた。

生と死の境目はあまりにもあっけなかった。人間はワーッとかギャーッとか叫びながら死んでいくとは限らない。瞬きをする間に、生きていた人間がボロぞうきんに入れ替わる。ただそれだけのことだった。

僕は、なぜか蝉の抜け殻のことを思い出していた。

保育園の頃、僕は抜け殻が怖くて仕方なかった。どうしてだか思い出せない。中身が何もないのにそこにアルことが空恐ろしかったのかもしれない。家の近くの川に蓋をして造成した緑道公園で蝉の抜け殻を両手一杯に拾ってきた姉が、僕の背中にたくさんくっつけてからかった。全身を硬直させて泣きじゃくったのを覚えている。

でも、今は涙は出ない。

人間もまた蝉の抜け殻のように、体から何かが抜け出て空っぽになる。その何かが人間の実体なのかも知れないけど、僕にはそれが何なのかわからない。僕の足元にあるのはただ、若い兵士の亡骸《なきがら》だった。

「山崎ぃっ」

同僚の名前を叫びながら横溝さんが駆け寄った。一発の弾丸がこめかみを貫通していた。それは僕のこめかみを貫通していたかもしれない弾丸だった。肩を抱き上げ同僚の死を見届けると、横溝さんは赤く腫れ上がった両目をキッと見開いて無言の別れを告げた。

その直後だった。

鳴るはずのない僕のケータイが鳴った。お気に入りのアニメソングのワンフレーズが船上に流れ、僕は我に返った。肩掛けバッグからケータイを取り出し急いで電話に出た。姉からだった。

「今、どこお？　何してんのお？」詰問調のいつもの姉の声だ。

「え、何？　ちょっとうるさくて聞こえない」

「あ、まぁたゲーセンに行ってるでしょ。隠したってダメだからね。そっち、どっかんどっかん騒々しいわね」

姉の受話器からはこっちの戦闘音が響いているのだ。

（いや、そのぉ、これはゲームじゃなくて……）

そう言おうと思ったが、とてもわかってもらえそうにないのでやめた。

「パパが良いって言ったんだよ、五百円分だけだから。あ、ちょっと今、手が離せないからもう切るよ、じゃあね、またね」僕はとっさに嘘をついた。

「ったく。パパにおねだりするんじゃないわよ」

姉の怒声を無視してケータイを切った。姉が「あのボケがぁ」と憤慨している様子が目に浮かんだ。姉は平成の世で何をしているのだろう。

（きょうは、たしか日曜日……）

そういえば、姉は今度の日曜日、ロールキャベツに挑戦すると宣言していたっけ。さっき電話をしてきたのは、鍋をとろ火にかけて一段落したからにちがいない。姉の料理の腕はこの半年でめきめき上達した。ケーキに限らず夕飯のレパートリーも一気に増えた。旅行の前の晩には、手ごねハンバーグを作ってくれた。味が中までしみこんでいて舌の上でとろけるようだった。

(あれ、また食べたいな)乾いた口の中が唾液でいっぱいになった。

だが今は、夕飯のメニューのことは忘れよう。悪魔が舌なめずりするような戦争の只中にいるのだから。


「おい、誰か、山崎を水葬にしてやってくれ」

艦長の言葉に誰もが耳を疑った。

「? い、いま、ですか?」

倉本砲術長は確かめざるを得なかった。

「おう、そうだ」

「し、しかし、戦闘中でありますし」

「何を言ってる、今ならまだできる。これ以上戦闘が激しくなってからでは遅い。いいか、これは彼のためだけに行うのではない。これから死んでいく乗組員のためでもあるんだ。くれぐれも丁重に葬ってやってくれ。わかったな、頼んだぞ」

艦長の意図をようやく理解した砲術長は横溝さんともう一人の伝令に声を駆け、敵の攻撃の間隙を縫って山崎さんを防空指揮所から甲板に降ろした。降ろしたと言うより、遺体は狭い急な階段を滑るように落ちていった。

甲板に達すると、横溝さんが戦闘帽を手で押さえながらその場から走り去った。が、すぐに何か布製のものを小脇に抱えて戻ってきた。二人掛かりで山崎さんの全身を旭日旗で包んだ。その姿はツタンカーメンか現代アートのオブジェのようだった。真新しい旭日旗だった。

今度は、砲術長が二人の伝令を残し、二番砲塔の中に入っていった。すぐに高角砲の空の薬莢を両脇に抱えて戻ってきて、ごろんと甲板に置いた。横溝さんたちは無言のまま、二本の薬莢を旭日旗に包まれた遺体にロープを使って結びつけた。作業は流れるように進んだ。手順がきっちり決まっているようだった。

「水葬準備完了です」

「よおし」

砲術長が直立不動の姿勢をとった。横溝さんたちが、山崎さんの肩と足を抱えて持ち上げた。そして、海に投げ入れた。遺体はザンブと波しぶきを上げ、数秒間、水面に留まったが、薬莢の重みで見る間に海中に沈んでいった。旭日旗の放射状の赤色が鉛色の海に呑み込まれていった。

僕は涼月艦上で行われた唯一度の水葬を黙って見守った。ふと上を見上げると、防空指揮所から身を乗り出す艦長の姿があった。敬礼で山崎さんを見送っていた。

任務は完了した。三人は敬礼を解くと急いで防空指揮所に戻った。

魚雷

凉月が機銃掃射に戸惑っている間にも、大和は敵の執拗な雷撃機攻撃に苦しめられていた。戦闘海域には無数の魚雷が交差していた。そのうちの一本が間違えて凉月に向かってきたとしても、何ら不思議ではなかった。

案の定、大和を外れた魚雷が小躍りするように凉月に接近してきた。

「右九〇度、魚雷接近っ。距離七〇〇メートル」

見張員が直ちに報告。しかも凉月の全速に近いスピードだ。艦前方と右舷の機銃群が魚雷に狙いを定め、一斉射撃を開始した。連続発砲の細かい振動が空気を震わす。硝煙に覆われた海面には鉛色の水飛沫が無数にあわ立っている。

「取舵、いっぱーいっ」

「回避、回避。魚雷をよけろ!!」

艦長は艦を魚雷の進路と平行にしようと必死だ。艦橋の操舵員も必死だ。

凉月と魚雷の距離は見る見る縮まる。舵が利き、今や魚雷は凉月を後方から追走する形になった。機銃は銃身を目一杯後ろに回転させて射撃し続けた。

あと三〇メートル。

あと一〇メートル。

「！」

突如、魚雷が動きを止めた。黒い鉄塊は目的を果たすことなく涼月の後方に置き去りにされ、海底に消えていった。

甲板で小さな歓声が上がった。指揮所のみんなも喜びを隠さない。

（何が起こったんだ？）

「機銃が魚雷を打ち抜くとは……。初めて見ましたよ、艦長」

「そうだな。増設増員の急ごしらえで少しばかり心配しとったが、機銃員の腕前は確からしい」

砲術長の問いかけに艦長はまんざらでもない様子だった。

が、喜びは長くは続かなかった。今度は魚雷を装着した二機のグラマン・アベンジャーが左前方から涼月に肉薄。機銃群はすかさず照準を海面から空中に修正し、真っ赤に焼けた銃身をグラマンに定めて攻撃を再開した。

グラマンは高度二〇〇メートルで魚雷を放った。二つの魚雷は徐々に機首を下げ、約四〇度の前傾で水中に突っ込んだ。大きな水柱が二つ海面に上がった。宮田見張長や横溝伝令らが血眼になって魚雷の航跡を探す。

「左七〇度、雷跡確認、距離五〇〇メートル」

横溝さんが声を張り上げる。平山艦長が再び艦橋に叫ぶ。

「面舵一杯っ」

階下では航海長が悲痛な声で繰り返す。

「面舵一杯っ」

右へ右へ。

涼月は速度を増し左に急傾斜した。先行する一本目の魚雷は艦首の直前を通過。しかし、二本目は艦橋目掛けて突進してくる。艦内に戦慄が走る。涼月の右回頭が早いか、敵魚雷のスピードが勝るか。魚雷との角度はグングン小さくなる。その分、距離も一気に縮まる。

「もっと舵を切れ！」

艦長の罵声にも似た命令に、航海長は防空指揮所のほうを見上げて叫んだ。

「これ以上は無理ですっ、これが精一杯ですっ」

指揮所から海面を見やると、魚雷はその黒い図体を涼月が上げる波しぶきのなかに躍らせている。船体との距離、わずか二メートル。あわや触発というそのとき、魚雷は涼月と並走状態となり、日本海軍最速の駆逐艦を追い抜いていった、「お先に失礼」とでも言うように。

艦長と砲術長は顔を見合わせて苦笑し、艦橋の航海長は額の冷や汗をぬぐった。

敵の鋒先は、涼月以外の艦艇にも容赦なく向けられた。

朝霜は、戦闘開始直前に機関故障のため艦隊から離脱、集中攻撃を受け誰にも見取られず波間に没した。浜風は、直撃弾により航行不能、さらに魚雷を受け船体の後ろ半分を失って轟沈した。軽量級巡洋艦矢矧は、爆撃機と雷撃機の波上攻撃によく耐えたが、煙突が原形を留めないほどの被害を受け静かに沈んでいった。矢矧の救助に向かった磯風は、爆撃により機械室をやられ航行不能に陥った。霞も、直撃弾二発を受け大破、航行不能に――。

冬月への攻撃も壮絶を極めた。直撃弾こそ免れたものの、機銃掃射は涼月のそれを凌駕した。冬月は敵の猛攻を最後まで凌ぎ抜いた。

直撃

絶え間ない攻撃に、僕は気が動転していた。

(沈まない、沈まない。大畑さんも言ってたじゃないか、二度も大破したけど沈まなかったって……)

僕は自分にそう言い聞かせた。気を落ち着けようと深呼吸をしてみた。胸を反らして斜め上空に視線をやった。敵の一機が視界に入った。

「ま、まずい！　あれは艦上爆撃機のカーチス・ヘルダイバーですっ」

そう叫んだのは、僕の右隣にいた倉本砲術長だった。

左舷前方、これまでとはまったく違うタイプの爆撃機が機群を離れて急降下を始めていた。

それにしても胴体がやけに太い。

（メタボな敵機……）

中年太りの機体がどんどん近づく。

艦橋より前方に設置された左右すべての機銃群が一斉に火を噴く。何百という赤い閃光が、ヘルダイバーに襲い掛かる。が、なかなか当たらない。

艦橋の真正面、ヘルダイバーの腹から白塗りの鉄塊が放たれた。二個の二〇〇キロ爆弾がふらふらと、だが正確にこちらに迫る。

「オモカジッ、イッパーイッ！」

艦長が、あらん限りの声を発して艦橋に指示を出す。船体の反応は素早かった。一発は左に逸れた。しかし、もう一発が艦橋に迫る。

爆弾の空気を切り裂く音がヒュルヒュルと耳に突き刺さる。

だめだっ、遅い。

今度こそ、間に合わない。

次の瞬間、猛烈な衝撃波が大音響とともに防空指揮所を襲った。全員の体が宙に浮いた。艦首がぐぐっと持ち上がったかと思うと、船体が一気に海面に叩きつけられた。そして反対に艦尾がずずずっとせり上がった。

平山艦長は指揮所後方の壁に倒れこみ、全身の感覚を奪われた僕は足をすくわれてもんどり打った。辺りは黒煙に覆われ視界が奪われた。

「どこだ？　やられたのは？　前か後ろか？」

艦長の叫び声が響き渡った。

「ゴホゴホッ。わ、わかりません」

床に転がる宮田さんも横溝さんも姿勢を立て直すのがやっとだった。

「被害状況を調べろ」

「はっ」「はっ」

宮田さんが後部甲板に異常のないことを確認した。横溝さんは指揮所の防風壁から身を乗り出して眼下をのぞき込んだ。そして艦長のほうを振り返った。が、血走った目を見開いたまま、言葉が喉に詰まって出てこない。艦長らが一斉に駆け寄り、下を見た。誰もが絶句した。

艦橋の真下、右舷寄り、二番砲塔との間に巨大なブラックホールが出現していた。

赤黒い鋼板がバラの花弁のように幾重にもめくれ上がり、艦内の配管が地下茎さながらにのたくっている。海面に達した破断面の一部が波に洗われ、そこから褐色の油が海に流れ出していた。

紙一重。

二〇〇キロ爆弾の艦橋直撃という最悪の事態は免れた。だが、穴からはすでに火の手が上がっている。火炎は数秒ごとに強弱を繰り返しながらその勢いを加速させていた。

「ちくしょう、直撃だ」「まずい、火が出てるぞ」「火災発生！」

「隣は弾薬庫だ」「爆発するぞ」「誘爆回避っ」

平山艦長の脳裏には、大爆発を起こして自沈する涼月の艦影がよぎった。軍艦は大量の爆弾を積んでいる。艦全体が巨大な爆弾のようなもの、誘爆すれば一巻の終わりだ。

「火だ、火を消せっ！　手の空いているものは全員、消火活動に当たれっ」

「消火活動開始っ」「消火活動開始っ」

伝令の声に呼応し、被災を免れた乗組員たちが甲板に集合した。

「なんとしても誘爆を回避するんだ」

艦長は自分に言い聞かせるように声を絞り出した。

直撃弾の破口は、すれすれのところで二番砲塔には達していなかった。しかし、砲塔からは早くもネズミ色の煙が出始めていた。

指揮所からは砲塔内の様子はわからない。

（頼む。小谷隊のみんな、無事でいてくれよ）

じりじりする思いで指揮所から甲板に目をやっていると、砲塔後部の扉が静かに開いた。身をよじるように中から誰かが出てきた。背格好からすぐに森さんだと分かった。続いて大畑さん、浦川さん、そして小谷砲員長も。みな、ひどく咳き込んでいる。内部に煙が回ったらしい。手にはそれぞれ防毒マスクのようなものをぶら下げている。装着する間もなかったようだ。

四人の足元には奈落の底が口を開けていた。破壊の跡を目の当たりにして一様に驚いた様子だったが、いったん上甲板の左舷側に避難した小谷隊はそこで何やら言い争いを始めた。すると森さんがせっかく脱出した砲塔に這い上がり、上部のハッチを開けると再び砲塔内に戻っていった。

（何してんだよ。だめだよ、森さん、早く逃げなきゃ）

間を置かず、後部の扉から高角砲の砲弾が投げ出された。二番砲塔の後ろには兵士の列ができていた。一メートル近くある細身の砲弾が人から人へバケツリレーの要領で運ばれ、次から次に海に投げ入れられた。誘爆をなんとか防ごうというのだ。

リレーの途中、小谷さんが浦川さんに砲弾を渡そうとしたときだった。浦川さんの手が滑った。砲弾がドスンと甲板に落ちて転がった。ふたりはヒッと喉を詰まらせ飛び上がったが、幸い爆発は起きなかった。

砲塔から吹き出す煙は、どす黒い色に変わった。砲弾の運び出しは中断せざるを得なくなった。

消　火

並行して消火準備が始まっていた。が、思うように捗《はかど》らない。はじめ消火ホースは前甲板のポンプにつながれた。コックをひねったが水が出ない。電源がやられて使い物にならなかった。急ぎ後甲板のポンプを起動して、そこから水を引くことになった。何本ものホースがつなぎ合わされ甲板を縦断した。先端部がようやく二番砲塔まで届いた。

「用意はよいか」

小谷さんが叫ぶ。

「お願いしますっ」

先端でノズルを構えるのは砲塔の中で黒煙を浴びた森さんだ。

「放水、はじめ！」

小谷さんが発した号令は、伝言ゲームで後甲板に伝えられた。消火栓全開。平たく萎えたホースを海水が満たした。ホースの膨らみがノタくりながら猛スピードで二番砲塔に走った。ゴボッ、ゴボッ。ボッボッ、ボッボッ。ボボボボボボ。

ついに水が吹き出した。森さんは砲塔全体を冷やすように散水し終わると、ホースを小脇に抱えて「行ってきます」の掛け声とともに砲塔内に突入した。

（やれやれ、これで一安心）と、だれもが安堵した瞬間だった。

爆発。

二番砲塔からくぐもった爆発音とともに衝撃の振動が四方に広がった。

恐れていた誘爆だった。

密閉空間によって倍加した爆風は、森さんをホースごと中空に投げ出した。

「あ」

後頭部を甲板の縁でしたたか打った森さんは思わずホースから手を放した。そして、そのまま破口の底に真っ逆さまに落下した。

小谷隊が駆け寄る。

「森いっ、大丈夫か」

「待ってろよ、今、助けるからな」

大畑さんと浦川さんが声をからす。

「どうする？　浦川」

「大畑、このホースをしっかり持ってろ。俺が下に行く」

「おまえじゃ無理だ、図体がでかすぎる、ワシのほうが身軽じゃ、寄越せっ」

大畑さんはさっきまで森さんが握っていたホースの先端を浦川さんから奪い取ると、破断面に身を躍らせた。

これに呼応し、消火活動を中断した兵士たちがホースを握り大畑さんの体重を支えた。大畑さんは絶壁を掛け降りる。しかし、鉄塊の凹凸がホースの滑りを拒む。業を煮やした浦川さんが救助用の浮き輪を投げた。が、浮き輪は森さんから離れた海面に着水し、そのまま後ろに流れて行ってしまった。

「おおしっ、森、今行くからな。もう少しの辛抱だ」

大畑さんが森さんを励ます。森さんは破断面に辛うじて引っかかっていた。いや、左手一本で鋼板の端にしがみ付いている。首から下は海中に没し頭部は流出した油で真っ黒だ。見開いた両目だけが妙に白い。

森さんから五メートルの地点に大畑さんが辿り着いた。そうしている間にも、海流が容赦なく森さんの体を押し流そうとする。油まみれの海面を透かして、斜めになった森さんの胴体と両足が見える。波に洗われるたび、森さんの指が少しずつ鋼板からずれる。

「森っ、がんばれっ。もう少しだ」

あと一メートルに迫った大畑さんが右手を慎重に伸ばした。

森さんが顔を上にあげた。何か言おうとするが、口のなかを海水が満たして声にならない。怪我をしているのか、右腕を伸ばすこともできない。

大畑さんが全身を思いっきり森さんの方向に伸ばす。森さんのしめた鉢巻きの結び目に大畑さんの右手中指がわずかに触れた。その時、鋼板を握っていた森さんの左手の中指からすーっと力が抜けた。森さんの頭部が涼月からふっと離れるのが分かった。支点を失った森さんの体は、ゆっくりと回転しながら船体の後方に流れていった。

甲板で見守っていた兵士たちが声にならない声をあげた。

直後、大畑さんの咆哮が涼月艦上に轟《とどろ》いた。

「ぎんぞーーーっ」

(ぎ・ん・ぞ・う?)

「ぎんぞーーーっ」

僕の耳には、確かにギンソウと聞こえた。

大畑さんが森さんのことを銀蔵って呼んだ。森さんの名前は銀蔵。森銀蔵。

僕の頭の片隅で小さな氷の塊が解ける音がした。鯛焼き屋の女将さんが明かしてくれそうになった屋号の秘密も、高橋くんが話したがらなかった家庭の事情も、すべては森銀蔵につながっている。そう考えればすべて辻褄が合う。

高橋くんの曾おじいちゃんは昭和二十年四月の沖縄特攻に砲員として参加し、消火活動中に誤って海に落ちて帰らぬ人となった。その年の八月、夫を亡くした新妻は男子を出産。団塊の世代より二つ三つ年上の男の子は片親に育てられ、長じて結婚、女の子をもうけた。その女の子は成人し結婚、男子を産むが、その後離婚した。この女性が高橋くんのお母さん。そして、団塊の世代より少し年取った男性こそが森銀蔵の遺児、『一匹や銀蔵』の主人なんじゃないのか。

僕は混乱しつつも、この直感が百パーセント正しいように感じた。

もう手の施しようがなかった。

森銀蔵さんは僕たちの視界から消える直前、左手を高く海面から突き出し左右に大きく振ると、最後の力を振り絞って敬礼の形を作った。口数の少なかった森さんからの最後のメッセージだった。

大畑さんは、しばらくの間、目の前で起こったことを受け入れることができなかった。大畑さんの耳には、船底を洗う波の音しか聞こえなかった。

「くそっ」

小谷さんが甲板の鉄塊に拳を叩きつけた。

「くそっ、くそっ、くそっ」

拳が血に染まった。小谷さんは二度鼻で大きく息をすると、破口に身を乗り出し声を絞り出した。

「大畑、上がってこいっ」

大畑さんからの反応はない。

「いいか、大畑。森は不運だった。助けられなかった。俺だってつらい。でもな、今は、悲しんでいるときじゃない。それに、死んだのは森だけではないぞ。お前も見ただろ、何人も何人も。死んだやつらの分までがんばるしかないんだ。今の俺たちにできることはそれだけだ。わかったかあ！」

小谷さんの言うとおりだった。

死者は決して森さんだけではなかった。戦闘が激しくなるにつれ、涼月の艦内は「死」の影で溢れた。

機銃員が一人また一人と倒れていった。恐ろしいのは敵機の弾丸だけではなかった。攻撃によって切り取られた船体の断片が凶器となって容赦なく人間を襲った。鉄片で肢体をえぐられ穴の開いた人間は、決して「なんじゃこりゃ」と叫ぶことはない。限界を超えた痛みが全身を覆い尽くす。言葉を発するなんてできっこない。たとえ心のなかで叫んだとしても、声帯を震わせて出てくるのは意味不明のうめき声だけだった。

涼月に救護室はなかった。軍医学校出の軍医が乗船していたが、彼自身瀕死の重症を負っていた。負傷したとしても、戦友に包帯を巻いてもらうのがやっとだった。あとは、生が尽き果て抜け殻になるまで、ひたすらうめき続ける以外に術はなかった。

そして、二〇〇キロ爆弾の直撃。

「死」が一気に涼月を支配した。被害は二番砲塔直下に集中した。大穴が開いたのは、甲板のすぐ下に士官室、その下に兵員室のあった場所だ。いずれも昨夜、最後の酒宴を催したあの場所だった。いったい何名の乗組員がそこに待機していたのか、痕跡は何一つ残っていない。

小谷砲員長の呼びかけに応えて、ようやく大畑さんが上を見上げた。

「よおし、大畑。これから砲員の捜索と救助に当たる。さっさと戻って来い!」

大畑さんはホースをぐいと手繰り寄せた。

死体と遺体

防空指揮所の僕はじりじりしていた。居ても立ってもいられなかった。

防空指揮所を飛び出し、人ひとり通るのがやっとの狭い鉄製階段を転げるように降りていった。急ぎ過ぎて途中でポケットの端が金具に引っかかった。はずそうとした弾みで、昼食の時に抹茶さんが高射砲の説明に使ったニコちゃんバッジがポケットから転げ落ちた。カン、カン、カンと音を発しながらバッジは階段の暗闇に消えていった。少し惜しい気もしたが、探している場合ではなかった。

甲板に降り立った。

消火作業の兵士たちが行き来していた。小谷隊は、もうそこにはなかった。

爆発の威力は僕の想像をはるかに超越していた。

走ってきた兵士の肩が僕の肩にぶつかった。よろけた足が何かに当たった。足元にひとりの兵士が両手を重ね腹を押さえてうずくまっていた。右手の人差し指と中指の間から内臓が飛び出していた。よく見ると、腹にはタオルのようなものが巻かれていた。赤く染まったその布には、血よりも鮮やかな赤い糸の結び目が規則正しく無数に並んでいた。

千人針だった。

僕の足が凍った。どうすることもできず立ち尽くした。

千人針の兵士を正視できず、僕は苦し紛れに艦長たちのいる防空指揮所を見上げた。視界の途中に何かがあった。爆風で吹き飛ばされた遺体がロープに引っかかり垂れ下がっていた、それも下半身だけの遺体が。傷口は鋭利な刃物で一刀両断にされたように鮮明だった。白い背骨が赤い肉の中央から飛び出していた。

僕にもう逃げ場はなかった。

艦上には、人間のありとあらゆるものがあった。首の取れた胴体。千切れた脚。何かを掴みかけたままの手首。視神経を引きずる眼球。どこの部位だか見当もつかない肉塊が、艦橋の壁と言わず甲板と言わず叩きつけられている。甲板にうなだれた兵士は顔の右半分が吹き飛ばされて空洞だった。鉄板に巻き込まれた二の腕が意思あるもののようにヒクついていた。

そして、船が揺れるたびに、切断された腕や足が右に左にゴロゴロと音をたてて転がった。

こみ上げるものがあった。

僕は口を両手で塞ぎ船の縁に倒れこんだ。そして海に嘔吐した。胃液が涸れるまで何度も何度も吐いた。寒くもないのに悪寒が止まらなかった。

息を整えるのに時間がかかった。

艦長は僕に「死にゃあせん」と言った。その言葉の真意がやっと理解できたような気がした。この世界で、僕は死を見ることしかできない。僕はこの船の上で死ぬことさえできないのかもしれなかった。

僕の意識は半分薄れかかっていた。自分の意志で自分の体を動かすことができなかった。甲板に前のめりの格好で額《ひたい》を押しつけ息をするのがやっとだった。

どれだけの時間が通り過ぎただろうか。僕を呼ぶ声がした。

「おい、チビガミ。大丈夫か」

大畑さんだった。

「そんなところに寝てたら、死体と間違われるぞ」

この期に及んでも口が悪い。

(僕は死ねないんだって……)と言い返そうとしたが声が出ない。大畑さんに体を持ち上げられた。ふらつく足を引きずって二番砲塔の方向に歩いた。

「一人で歩けるか? みんなのところに行くぞ」

大畑さんは砲塔脇の扉を開けて階下に降りていった。途中、僕のほうを振り返って、「来い」とあごをしゃくった。一階下には薄暗くて狭い通路があった。

空気がよどんでいた。鉄の錆びた臭いが大畑さんの後を追う僕の鼻腔をくすぐった。足元がやけにぐにゃぐにゃする。目が慣れず何も見えない。小型のLEDライトをバッグから取り出した。塾からひとりで帰るとき暗い夜道の護身用にと持ち歩いているヤツだ。

カチッ。

ライトの光に照らし出されたのは折り重なるように倒れた乗組員の死体だった。いや、死体かどうかはわからない。高温度の爆風でなぎ倒され、すでに意志を失った人間の体であることに違いなかった。

彼らを越えなければ小谷さんたちに出会うことはできない。僕は心の中で「すみません、ごめんなさい」と謝りながら、一歩一歩人間の小山に乗り上げて前に進んだ。

何歩目かだった。何かの拍子で誰かの腕が僕の右足首に絡まった。

（ひっ）

その手は「おい、手荒に踏むな。おれは人間だ。少しは丁寧に扱ってくれ」と訴えているようだった。僕はその腕をそっと横にどかして、自分の足を床面が見える場所まで持って行って降ろした。

ピチャンと小さな音がした。

乗組員たちの血糊が床に血溜まりをつくっていた。船が揺れると血の池も揺れた。靴の縫い目から血が浸み込んでくる気がしてならなかった。僕はつま先立ちで先を急いだ。

犠牲

通路の奥から聞きなれた声がした。

小谷さんの怒号だった。

「バカ野郎っ、早く出て来い！」

小谷さんの足元に四角いハッチ状の扉があった。わずかに空いた扉の隙間に向かって小谷さんの声は発せられていた。脇に浦川さんがしゃがみ込み、先に到着した大畑さんがすぐ横に突っ立っていた。すぐにも声をかけようとしたが、切羽詰った状況に僕は様子を見守るしかなかった。

小谷さんらのいる階下は第一砲塔の弾薬庫だった。兵士の居室より数倍広いスペース、そこに三人の乗組員が取り残されていた。僕たちのいる空間の天井や側壁からは海水が大量に浸入し、ざあざあと音をたてて三人の兵士たちに降り注いでいた。水位はすでに大人の足首にまで達し、水圧が扉を下へ下へと押し付けている。角材をかませ辛うじて扉を開けてはいたが、もう人力で持ち上げるのも限界に近づいていた。

角材と鉄扉の間から、こちらを見上げる三人の濡れた顔が見えた。扉をこじ開け弾薬庫から脱出するのに残された時間はほとんどなかった。

「おい、おれは二番砲塔砲員長の小谷だ。貴様、何と言う？」

小谷さんが三人のうちのリーダー格に声をかけた。

「一等主計兵曹の江藤であります」

「そうか、江藤兵曹。とにかく時間がない。急げっ、早くしろっ」

「だめです」

「なんでだ？」

「この扉は爆破の衝撃で壊れております。内側から支えなければ、水圧で扉が破壊されます。

この部屋が水没すれば、涼月に残された浮力は半減します。そうなれば涼月は沈没するしかありません。ですから我々はここに留まります。留まって内側から浸水を防ぎます」

江藤兵曹の理路整然とした話しぶりにため息をつくと、小谷砲員長が言い返した。

「何をごちゃごちゃ屁理屈を捏《こ》ねておるか。そんなことは出てきてから、ゆっくり考えればいいではないか。四の五の言わず、さっさとこっちに手を伸ばせっ」

「お心遣い、ありがとうございます。でも、我々がここに留まるのが最善の方策です」

「しかしなぁ……」

「ご心配なく。どうせ一度はお国に預けた命。お役にたてて光栄です。この場を死守するのが私たちに与えられた仕事なのです。我々主計の人間は、普段は物資の調達や金勘定ばかりで、あまりぱっとしませんが、最後ぐらいはいいところを見せますよ」

「聞いた風なことをぬかすなっ」

「小谷砲員長、お願いですから我々には構わんでください」

「なあ、江藤。おまえ、我々、我々と気安く言うが、ほかの二人はどうなんだ。居残るつもりか、えっ？」

江藤兵曹の両側にいる兵士たちは、無言のまま深くうなづいた。彼らの決意の固さに小谷さんは閉口した。ため息を一つ、「そうか、こんなに言っても駄目か」と独り言をもらした。

小谷さんは万策尽きて沈黙した。そして突然、両手と頭を水浸しの床に押し付けた。

「……頼む、頼むから出てきてくれっ。わしは、わしは、もうこれ以上、仲間を失いたくないんだっ」

小谷さんは懇願するようにうめいた。

「頭を上げてください、砲員長。死ぬも生きるも同じことではないですか。私たちは死んで涼月を守ります。小谷砲員長は生きて涼月とともに進んでください。どうか艦長によろしくお伝えください、あとは頼みましたよ」

小谷さんたちは、江藤兵曹の静かな気迫に気押された。

と、一瞬の隙を突いて兵曹らは、角材を下から力任せに押し上げた。

(！)

僕の体が無意識に動いた。気がつくと僕は角材と扉の隙間に上半身を滑り込ませていた。自分でもどうしてこんな行動に出たのかわからない。森さんが波間に消え、艦上に死体があふれ、そしてまた目の前で、まったく別の理由から死が選択されようとしていた。僕にはそれが耐えられなかったのかもしれなかった。

「な、何をする？　チビガミっ」

小谷さんが驚き叫んだ。

「僕ならまだ中に入れますっ。三人を連れ出します。でなきゃ、みんな死んじゃいますっ」

「バッカもん、お前まで道連れになってどうするっ」

大畑さんと浦川さんが僕に飛びかかった。

「よせっ、チビガミ」

「もう無理だっ」

「でも、僕が行かなきゃ……」

階下に伸ばした僕の右腕を大畑さんがつかんで引き上げた。それでも僕はもがいた。足をばたつかせ、浦川さんを力任せに蹴飛ばした。浦川さんがのけ反り背中から倒れたその時、小谷さんの右手が飛んだ。ピシッという乾いた音とともに僕の左頬に激痛が走った。生まれて初めてのビンタに僕の体が止まった。

次の瞬間、鉄の扉がガタンと音をたてて閉まった。扉の上は瞬く間に水流で満たされた。

全員が息を飲んだ。

「なんてこった……」

小谷さんは水浸しの床に両膝をついた。

「チビガミ、なんであんなことをしたっ」

ずぶ濡れの顔を僕に近づけて怒鳴る小谷さんに、僕は左頬に手を当てながら言った。

「ああしなければ、ああしなければ……。三人は自分たちで角材を押し上げようとしてたんです。助けるにはああするしかなかったんですっ」

小谷さんの怒りが少し収まったように思えた。

「ちっ、どいつもこいつも……」

小谷さんは肩で大きく息をして苦々しげに舌打ちした。大畑さんと浦川さんが無言のまま僕を抱えて起こしてくれた。

水位はすでに大人の膝まで達していた。

左の奥歯が疼いた。僕は再び甲板に出た。

遺体の収集が始まっていた。遺体を水葬で送り出す余裕はとっくに消え失せていた。悲しいことだが、もはや遺体は戦闘行為、消火活動の妨げでしかない。涼月の乗組員が生き残るためには障害物は速やかに処理しなければならなかった。

オスタップと呼ばれる大き目のバケツをぶら下げた水兵たちが甲板を行き来して、遺体の破片をかき集めていた。いくつものオスタップが見る間にいっぱいになった。

四肢のある遺体は二人掛かりで運んだ。艦中央部、魚雷発射管の近くに乗組員用の小さな浴室があった。遺体の多くはその部屋に仮安置された。仮安置と言えば聞こえはいいが、遺体は折り重ねられるように収容された。どの遺体もとても窮屈そうに見えた。

「もし仮に生きて祖国の地を踏むことができたなら、お前ら全員、ちゃんと弔ってやるからな。それまでの辛抱だ、我慢してくれ」

心の中でそう弁明した兵士自身、自分がこのまま無事に帰還できるとは思っていなかった。

大和接近

被弾後も、敵は涼月への攻撃の手を緩めなかった。艦上は消火作業と同時に応戦に忙殺された。もちろん艦橋より後ろの機銃群は健在だった。被害も軽度で、涼月に迫る敵機に渾身の射撃を浴びせた。

一方、高角砲は、前方の一番砲塔と二番砲塔は戦力外になってしまったが、後方の三番四番砲塔は辛うじて機能した。しかし、電源が途絶えたため、操作を人力に頼らざるを得なかった。砲員が砲塔の上部ハッチを開けて首を出し敵の方向を確認しながらの砲撃に限定された。攻撃の精度は望むべくもなかった。

僕が重い足を引きずって防空指揮所に戻ったとき、涼月はゆっくりと右旋回を続けていた。大破直前、カーチス・ヘルダイバーの爆弾を回避すべく面舵一杯に舵を切ったままの状態だったからである。

そこへ左舷回頭する巨艦大和がゴウゴウと迫ってきた。二隻の船はそれぞれが描く弧の上を進んでいた。数分後、二本の弧の交わる地点に到達する。このまま双方が何もしなければ、両者の衝突は不可避だった。火災活動もままならぬなか、次なる危機が涼月に迫っていた。

「大和接近！」宮田見張長が叫ぶ。

「千メートルってところですね」倉本砲術長が少し余裕を見せて言った。

「ぶつかったら、涼月なんぞ延し烏賊《いか》にされちまうぞ」

「艦長、大和と衝突して生き残れる船なんかありませんよ」

「減らず口を叩くな。あの巨艦に曲がってくれと頼んでも無理というもんだ」

「我々が退避するしかありませんな」

艦長と砲術長のやり取りに、宮田さんの絶叫が重なった。

「や、大和は舵不能ですっ。舵不能のD旗を掲げていますっ」

砲術長の顔色が俄かに変わった。

「大和が操舵設備を破壊されただと……。か、艦長、もしそれがホントなら、ありゃ制御不能の暴走列車です」

「よおし、わかった。我々で何とかするしかあるまい。衝突回避、後進一杯だ」

平山艦長がバックの指示を出した。

「後進……。だ、だめですっ」

機械室に連絡を入れようとした横溝さんの声が一オクターブ上がった。

「どうした？」倉本砲術長がすかさず聞き返した。

「機械室と連絡が取れません、通信不能です」

「通信不能？　もう一度やってみろ」

「だめです、通じません。艦長、どうすれば……」

「まずいな、泣きっ面に蜂か」

敵の攻撃には顔色一つ変えない艦長が唇を噛んだ。

「いや、諦めるのはまだ早い。横溝、つべこべ言っている暇があったら走れっ。機械室に全力疾走だ。機械室に伝えろ、後進一杯だとな」

「はっ」

艦長に思いっきりお尻を叩かれた横溝さんは、脱兎のごとく防空指揮所から駆け降りていった。

横溝さんが消火活動に当たる兵員たちの間を縫うように走る。走りながら「後進一杯っ、後進一杯っ」と大声で叫んでいる。艦の中央付近に機械室に潜る入口があった。横溝さんはハッチを押し上げその中に消えていった。

(間に合ってくれ、横溝さん)

今ここで涼月は沈むわけにはいかない。死んでいった多くの兵士たちのために、森さんのために、そしてあの三人のために、涼月は沈んじゃいけないんだ。僕は強く思った。

大和接近。

涼月の右旋回は止まらない。山のような大和の船体が涼月の眼前にそびえ立つ。大和の甲板は涼月の防空指揮所のはるか上方だ。巨大な壁が迫る。

(急げ、機械室っ。逆回転だ!)

大和との距離、わずか百メートル。

ブルンブルン、ブルンブルン。ブロロロロロロ……。

聞き慣れないタービン音が足の下から響いてきた。スクリューの逆回転が始まった。しかし、船のブレーキはじれったいほど効きが遅い。それでも前進する勢いがぐっと弱まった。残り五メートル。船体を十度傾けた大和が涼月の艦首の先を揚揚と通り過ぎる。

間一髪。衝突は回避された。

しかし、間近に見上げる大和にもはや一時間前までの雄姿はなかった。

無残なやられ様は涼月の比ではなかった。左舷側が徹底的に破壊されていた。幾重にも重なる機銃台はどれひとつとして原型を留めていない。高角砲の砲身は大きく折れ曲がっている。大小の銃痕、爆破断面が至る所に傷口を広げ、ところどころに乗組員の遺体が、いや遺体の一部や断片が大木の枯葉のように力なくぶら下がっている。

甲板の端からはどす黒い液体が筋をなして海に流れ落ちる。乗組員から流れ出た血の滝だった。

すれ違いざま、大和の甲板に何人かの機銃員が茫然自失で突っ立っているのが見えた。魂を抜き取られたその目が眼下を航行する涼月を映し出すことはなかった。

気がつくと、涼月は艦全体が前方に傾いていた。

傾くと言うより、艦橋から前半分が今にももぎ取れそうな状態だった。直撃による破口が涼月から浮力を完全に奪っていた。大和をやり過ごした涼月は制御不能のまま、しばし海上を漂い、のろのろと後ずさった。仮にこの姿勢のまま前のめりで前進すれば、敵の餌食になる前に海水を艦内深く飲み込んで浮力を失い自沈するほかない。平山艦長は大和回避の緊急措置を続けざるを得なかった。

「艦長っ」

ひとりの水兵が防空指揮所に駆け上がってきた。倉本砲術長がそれを制す。

「貴様あ、誰かあ？　所属は？」

「機械室の三代原上等兵曹であります。負傷した機関長の命により報告に参りました」

「後進一杯、ご苦労だった。で、何だ、言ってみろ」

「はっ。これ以上、艦が傾斜すれば缶《かま》を動かせなくなります」

「どういうことだ？」艦長が質した。

「異常トリムのため、缶の内部を制御する機器が使用不能となり、水蒸気の異常圧力を感知できなくなります。最悪、缶の爆発も免れません」

「つまりは、もっと船を浮かせろと言うことだな」

艦長が早手回しに解答を口にした。

「はっ。煎じ詰めれば、そういうことであります」

「よおし、三代原、よ〜くわかった。そっちはそっちでできる限りの対応を頼む。最善を尽くしてくれ。涼月の命運は君ら機械員の双肩にかかっている」

三代原と名乗った青年は艦長の言葉を受け、敬礼をすると回れ右して機械室に戻っていった。よく見れば、三代原上等兵曹の後ろには、後進一杯を告げに走った横溝さんが肩で息をして立っていた。

「そうとなればだ」

平山艦長の独り言は大きい。

「不要不急の物資は直ちに投棄する。要らない物はなんでもかまわん、海に放り込め！」

伝令が艦橋に外付けされた垂直のタラップを駆け下り、四方に散った。休む間もなく横溝さんも艦上を走る。

艦上は、依然として消火活動に当たる兵士たちでごった返していた。そこに不要物資の破棄が命じられたから大変である。船内から物資を担いだ兵士たちが続々と出てくる。重そうな機械を甲板の端まで引きずる者もいる。

「せえのっ」

掛け声もろともタンス大の木箱や日用品、破壊された銃器、機材類が重油で覆われた海面に投げ入れられていった。

「砲員長、あれ、どうしますか？」

浦川さんが右舷に吊るされている内火艇を指差した。平山艦長が乗船して涼月に戻ってきた時のあの船だ。

「そうだなあ」

小谷さんは腕組みして首を曲げた。まだ、船底に残った三人のことが頭を離れないようにも見えた。

「見てくださいよ。船底に大きな穴が開いてます。こりゃもう使いものになりませんよ」

「そうか。それじゃあ、いっちょやるか」

いつもの小谷さんの声が戻っていた。浦川さんは待ってましたとばかりに声を張り上げた。

「みんな、手伝ってくれ。こいつも海に放り込むぞ」

そして、大畑さんにも声を掛けた。

「おい、大畑。お前も手伝ってくれ」

大畑さんは雑念を振り払うように、もう一人の水兵といっしょに支柱をスルスルと登っていった。いつもなら機械式でワイヤーを巻くのだが、電気が停止しているので手動でそろりそろりと下甲板まで降ろし、最後は十人掛かりで海に蹴落とした。

水しぶきが上がり、浦川さんと大畑さんをずぶ濡れにした。

敬礼

不要物資の投棄によって涼月は浮力を辛うじて保っているに過ぎなかった。艦首方向に傾いた船体は水を大量に飲み込み、壊れかけた池のボートのようだった。艦橋直下の甲板では、手を伸ばせば海面に届くところまで浸水が進んでいた。

防空指揮所は、艦橋内の火災の影響で使用不能な状況に陥っていた。

「ここはひとまず、後甲板に場所を移しましょう。後進で進むにも、そのほうが好都合ですし……」

砲術長の進言に艦長は黙ってうなずいた。

防空指揮所から降りる途中で艦橋室を覗くと、手の付けられない状態になっていた。航海長以下乗員による消火・退避活動も虚しく、数百枚あった備え付けの海図はあらたか燃えてしまった。

航海長は憔悴しきった様子で、わずかに焼け残った海図の切れ端を艦長に差し出した。

「これが全部か」

艦長が航海長に問いただした。「面舵一杯」と伝え続けたあの航海長だった。

「はい、申し訳ございません」

航海長は深く頭を垂れて力なく返答した。

「謝らんでもよい、君らのせいではない。艦橋のみんなは無事だったか」

「はい、軽いやけどを負った程度であります」

「そうか。それは良かった。で、羅針儀はどうだ」

「それが……やられました。使い物になりません」

艦橋前部中央、操舵機のすぐ横に設置された羅針儀は表面のガラス板が割れて中の部品が飛び出していた。

「磁気コンパスがあったはずだが」

「これでありますか」航海長は恐る恐る手の中の物を差し出した。

「試してみたのですが、こいつもイカれておりました」

普段使わない方位磁石はN極の針がクルクル回って役に立ちそうになかった。狂ったコンパスは、涼月の明日を暗示しているようにも思えた。平山艦長はコンパスを海図台にことんと置くと、気を取り直して言った。

「計器がなくとも、君らの経験があれば百人力だ。これからが腕の見せ所だからな。いっしょについて来てくれ、後甲板に一時退却だ」

「はっ」

沈む気持ちを持ち上げるように、倉本砲術長が妙に明るい声を出した。

「艦橋内部がこの焼け方ですからね、道理で指揮所の床が熱いと思いましたよ。危なく鉄板焼きにされるところでしたな」

「ははは」

艦長は砲術長の軽口に助けられ艦橋を後にした。

もぬけの空になった艦橋を僕は振り返った。電気時計が一時八分を示したまま止まっていた。戦闘開始からわずか三十分で破弾、その前後にいったいどれだけのことが連続して起こったのだろう。僕は頭の芯が疼くのを感じた。


そのころ二番砲塔では、爆発と放水によって混乱した内部の後片付けが始まっていた。

小谷隊の誰も、緊張の糸が切れかかっていた。大畑さんがいつのまにかいなくなっていることに気が付いた小谷砲員長がため息混じりに言った。

「やれやれ、消火活動に不要物の投棄と立て続けだったとはいえ、持ち場を離れるとはけしからん」

階下に閉じこもった彼ら三人のことを思うと、怒る気力も萎えがちだった。

「浦川、大畑はどこ行った、知っとるか？」

「そういえば、おりませんね」

「いませんね、じゃないだろ。早よ探して来い」

「了解しました」

浦川さんは砲塔上部のハッチをこじ開け、頭を外に出した。グルリと三六〇度顔を回すと、誰かの足が目の前に現れた。足の主は大畑さんだった。

「どうした、そんなところで。なにボケッと立っとる」

浦川さんはそう声を掛けようとしたが、途中で言葉を飲み込んだ。見上げた大畑さんの顔は涙でぐしょぐしょに濡れていた。直立不動で敬礼する大畑さんの視線の遥か先、戦艦大和が今まさに沈まんとしていた。

涼月からは数キロ離れていたが、左に五〇度以上傾いた大和の姿が肉眼で確認できた。徐々に徐々に大和は傾斜角度を増し、船底の赤腹を露《あらわ》にしはじめた。浦川さんも無言で大畑さんの横に起立した。いつのまにか、小谷砲員長も敬礼の列に加わっていた。

涼月の乗組員は、消火ホースを持つ手を止め、遺体回収用のオスタップを甲板に置き、あるいは機銃から手を放して、大和に正対して敬礼の姿勢をとった。後甲板に陣取る平山艦長と倉本砲術長らも直立の姿勢で同じ光景を見つめていた。

気がつけば、敵機の機影は消えていた。止めを刺すまでもなく大和はもう死んでいた。大和の転覆はスローモーションの映像を見るようだった。ゆっくりと時間をかけて甲板と船底が完全に入れ替わった。逃げ遅れた数多くの乗組員が赤い船底を這い上がろうともがく。大半の乗組員が途中で力尽き海に落ちていく。

遠く離れた惨劇に音はなく、感情を呼び起こす縁もない。無情の海原に無数の若き兵士たちが飲み込まれていった。

数分後、大和は二度の大爆発を起こし海中に没した。爆発音は数秒後に涼月に届いた。曇天を焦がす火焔がそそり立ち、煙の塊は巨大なきのこ雲となって東シナ海に湧きあがった。四か月後の夏の日を予兆するかのような光景だった。

苦闘

涼月の舵動力は完全に断たれた。手動ポンプに切り替えて人力で油圧を作り出し、舵を動かす以外に方法はなかった。

舵取室は船体の最後部、舵が海中に突き刺さる真上に位置していた。五メートル四方の空間とはいえ、中央部分は舵を固定する大きな機械が占有していて、余分なスペースはほとんどない。その隅に非常用の手動ポンプが設置されていた。

壁に掛けられた柄の部分を左右二か所に取り付けて、乗員四人掛かりで上下動を繰り返す。超単純作業だが、三分もすれば全身から汗が噴き出し、五分後には両腕の筋肉に乳酸が充満する。窓のない鉄の箱の中、気温と湿度は一気に上昇し、鍛え抜かれた水兵でさえ三十分と持たない。それ以上続けたら気を失ってしまうだろう。

昼夜を問わず常時三、四組が待機して、二十分交替で手動ポンプを押し続けた。自分の番が終わると、兵士たちは崩れるように床に倒れ込み、次の番が回ってくるまでつかの間の休息をむさぼった。尿意を催しても動けない。空き缶を探して用を足した。

バックで進む際の舵取りが如何に難しいか、ちょっと考えてみてほしい。

小さい頃「科学」の付録についていたゴム巻き動力の船をお風呂に浮かべて遊んだときのこと。気まぐれにゴムを逆に巻いて手を放した経験はないだろうか。意に反して船はクネッと曲がってしまい、真っ直ぐには進んでくれない。舵の面が水流を受けすぎて、前進させるときのように滑らかに方向転換できないのだ。

涼月はまさにこの湯船に浮かぶ逆巻き船の状態に陥っていた。操舵の指示も普段とは正反対。左に曲がりたいときには「面舵」、右が「取舵」に。しかも急激な操舵は禁物だった。

速度は出ない、舵は思うように利かない。

涼月は両手両足を縛られて泳いでいるようなものだった。

機械室。そのなかで悪戦苦闘する乗組員たちがいた。防空指揮所に艦の傾きの危険性を報告した三代原さんもそのひとりだった。

涼月にはもう一つ、窓のない鉄の箱があった。

機械室に配属された乗組員は、外で何が起きようがひたすら船底で任務を遂行しなければならない。砲撃の音は川向こうの花火大会のように聞こえはする。面舵一杯の急旋回で船体が大きく傾くのも感じることができる。しかし、甲板に出て深呼吸することはない。文字通り日の当たらない縁の下の役回り。でも彼らがいなければ、涼月は一メートルも前に進めなかった。

機械室の大きさは舵取室の比ではない。船体全長の五分の一を占めていた。しかも天井がべら棒に高い。というより、船底から甲板までがまるまる一部屋だった。天井高約七メートル。だから、機械室には「行く」というよりは「降りる」と言ったほうがピッタリくる。

大和の急接近を受け、横溝さんが機械室に疾走したときの様子はこうだった。

船体の真ん中から少し後方に機械室に降りる扉がある。そこに横溝さんが飛び込んだ。しかし、扉の先に階段はなかった。垂直梯子が延々と下に伸びているだけだった。

横溝さんが一瞬怯んでいると、背中から誰かが急かす。しかたなく梯子に手と足を掛けて一段一段踏み外さないように降りていると、業を煮やした声が言った。

「じれったいのお。機械室へはこう行くんじゃ」

声の主は横溝さんをひょいと乗り越えると、「いちいち足など使うな。手だけで滑り降りるのよ」と言い残してヒューイと奈落に消えていった。

要領がわかった横溝さんは恐る恐る梯子から足を離す。

ずる・ずる・ずる。

ぎこちなくずり落ちていると、上から二人目がやってきた。今度は少々荒っぽい。

「何の用事か知らんが、急いどるんだろ。そんならこうせい」

声の主の両足が横溝さんの両肩に乗ったかと思うと、全体重を掛けてきた。たまらず横溝さんは手の握りを緩めた。肩車した二人の大人が超特急で落ちていく。横溝さんの手から煙が出た。着地と同時に尻もちをついた。

そこは、艦橋とはまったくの別世界だった。

薄暗い空間に太さの異なるパイプが縦横に走る。その数、数十本。パイプの要所要所には数え切れない数のバルブが取り付けられている。薄暗い天井を見上げれば、巨大なダクトが大口を開けてゴウゴウと音を立てている。

所々に洗濯物と思しき衣類が無造作に広げられ、湯気を出していた。

「ここじゃあ、洗濯物は十分で乾く。なんの苦労もない。が、役得はこれっきりじゃがな、ははは」

最初に横溝さんを飛び越えた乗員が自慢とも自嘲ともつかないことを言った。

「ところでお前、何か用事なんだろ」

「あ、そうでした」

「何だ？」

「こ、後進。後進一杯でお願いします。本艦は大和と衝突せんとしています」

機械室全員の眼が横溝さんを睨みつけた。

「なに〜っ」

「バッカもんっ。それを早く言わんかあ」

「後進用意。大至急だ」

「急いでくださいっ」

横溝さんが懇願する。

「言われんでも、わかっとるわい」

こうして、大和との衝突は回避された。

機械室の配管が複雑なのには理由があった。駆逐艦は敵の攻撃で少々破損しても戦い続けなければならない。そのため、左右どちらかがやられても生き残った側だけで操艦ができるよう、配管はすべて迂回経路を想定して設計されていた。どこをやられたらどのバルブを開閉する必要があるのか、機械員はあらゆる事態を頭に叩き込まれていた。配管の異常は計器によっても感知できたが、ベテランの機械員は、パイプに手のひらを当てて微かな振動の変化を感じ取り、船の状態を常に把握していた。

直撃弾を受けて涼月は全艦停電に陥った。

機械室は真っ暗闇、自分の指先さえ判別できない。すぐに緊急用の照明に切り替わったが、わずかな明かりを頼りに三代原さんたちによる文字通り手探りの作業が続けられた。

決断

西の水平線が赤く染まった。

全天を覆っていた昼間の雲がようやく途切れ、漂流するように後進する涼月を夕日が照らした。周囲三六〇度、見晴るかす海にひとつの艦影もひとつの機影もなかった。

静けさが支配する後甲板は、一種異様な雰囲気に包まれていた。

平山艦長と倉本砲術長の激論がはじまろうとしていた。

進むべきか退くべきか。それが問題だった。

「倉本、今の状況をどう見る」

艦長が静かに切り出した。

「は。私見でかまいませんか」

「もちろんだ、君の意見が聞きたい」

「まず、艦に浮力は殆ど残っておりません。後進が可能とはいえ、ご覧のとおり最低速力であります。戦闘能力は、高角砲の一番砲塔、二番砲塔が機能停止、後部の三番と四番が使用可能とはいえ手動の操作に限定されており、組織的な戦闘は望めません。また、中央部分から前方の機銃は全滅、残っているのは後部のみであります」

「ふむ」

「艦内連絡網の不通、電気系統の途絶など、諸々の条件を総合いたしますと、今の涼月には通常の十分の一、いや、せいぜい数パーセントの能力しか残っておりません」

「そのとおりだ、倉本。しかし、問題はそこからだ。所与の条件を考慮した上で、どうすべきか、だ」

砲術長は艦長の考えを見て取ったが、あえて自分の意見を貫くように続けた。

「確かに司令部から作戦中止の連絡は届いておりません。作戦は継続されているものと考えるべきでありましょう。しかし、電信室が壊滅状態でありますから、最新の作戦状況を我々は把握できないと言うべきであります。大和沈没と言う非常事態を踏まえますと、作戦続行という選択は考えにくいのではないかと」

砲術長は少し言いすぎたと後悔した。が、平山艦長からの叱責はなかった。

「そのとおりだな」

平山艦長はあえて同じ言葉を繰り返した。

「その上でだ、我々の使命は何だ、倉本。沖縄に特攻せよとの命令だったのではないか。沖縄には幾多の同胞が我々の到着を待っているのではないか。刀折れ矢尽きたとはいえ、運よく沖縄にたどり着けば、生き残った三百数十名の乗員が陸に上がり敵に切り込むことができる。敵の息の根を止められずとも、一矢も二矢も報いることができる。それが我々の使命だったはずだ、たとえそれが無謀な作戦だったとしてもだ」

艦長の静かな語り口に、倉本砲術長はしばしの沈黙を強いられた。

「しかし」

「しかし、なんだ？」

「お言葉ではありますが、艦長は日頃から、特攻作戦を外道だとおっしゃっておられました。私もまったくの同感であります。一定以上の戦力を保持し命令を遂行せんとするのならまだしも、今、我々の成し得ることとそれによって生じる犠牲の大きさを考え合わせれば、作戦続行はもはや不可能かと……」

「不可能か。そういう判断もあるかもしれん。が、僅かとはいえ戦闘力は残っておる。残った力を使い切るまで戦い抜く道はあるぞ」

「確かにおっしゃるとおりではありますが、それでは乗員を犬死させるに等しいと言わざるを得ません」

砲術長は言葉の選択を間違えたことに気づいたが、後の祭りだった。

「ん？」

艦長の眉間にしわが寄った。

「犬死？　犬死とはどういうことだ？」

「………」

「わしに命を預けてくれた部下たちが無駄死にしたとでも言うのか、貴様は？　わしはなあ、死んでいった彼らが犬死にしたなどと、これっぽっちも思ったことはないぞ」

「いえ、そういうことでは……」

「このままやられっ放しでおめおめと引きさがることなどできると思うか。貴様に説教されんでも、今こうして生き残った我々には犬死にする気などさらさら無いわ」

艦長は心の奥底に溜まっていた想いをはき出した。そして、すぐに冷静さを取り戻し砲術長に向かって諭すように言った。

「死んでいった者たちも沖縄に突入することを望んでいよう。貴様には、沖縄に連れて行ってくれと言う彼らの声が聞こえんのか。倉本、お前が口にしてるのはただの理屈だ。確かに筋は通っている。が、人間の生き死には理屈だけでは決められん。筋が通っているだけでは人の心は動かんのだ。その割り切れないものをすくい取るのが人の上に立つ者の勤めじゃないのか、砲術長」

「す、すみません。言葉が過ぎました」

砲術長はこう言うのがやっとだった。が、顔は真っ直ぐに艦長を向いていた。

真空の時間が流れた。

倉本砲術長は平山艦長の中で何かが変化するのをじっと待った。

息の詰まる沈黙を最初に破ったのは艦長だった。

激高した感情を冷ますように艦長は独り言を漏らした。

「ふふ、それでも理屈は理屈だな。正直、このぼろ舟で沖縄に辿り着けるか見当もつかん。途中で沈没する可能性のほうがはるかに大きいだろう。出航前、この作戦そのものが犬死になりかねないと言ったのは、誰でもない、このわしだったな」

艦長は苦笑いを浮かべた。艦長の顔からはすでに怒気が消えていた。

「だが、与えられた任務を全うして死ねるなら、それこそ本望ではないか。我々は死地に赴く決意をしたのだ。全員変わらぬ思いのはずだ。目的を完遂してこそ男子の本懐というものであろう」

艦長の落ち着きを確かめた砲術長が意を決して言った。

「お言葉を返すようですが……」

「何だ、言ってみろ」

「出撃前、艦長は記録係の岸上を説得し下船命令を下されました」

「ああ」

「あのとき、艦長はおっしゃいました、死に急ぐことはない、命を賭ける機会はこれからの人生でいくらでもある、と。岸上より年下の乗組員はこの船に何人もおります。我々はいいのです。国のために死ぬのが仕事です。しかし、彼らの人生はどうなりますか。修羅場を潜り抜けてやっと拾った命です。艦長が預かった命なら、一度彼らに返していただくわけにはまいりませんか、艦長っ」

砲術長の固く握った拳が震えていた。

「生き残った者の心情も考えろと言いたいのか……」

「はいっ」

「しかし、一度死を覚悟した者たちを生きて連れ戻すことが如何に難しいか。わかるか、倉本。撤退の決断が一番厄介だぞ。突っ込むほうがよほど気が楽だ、何も考えんでも良いからな」

艦長は唇に薄ら笑みを浮かべ、自らに話しかけるようにつぶやいた。

「我々の任務が最初から囮《おとり》に過ぎなかったというのなら、最低限の役目はすでに果たしたというわけか。それにしても、我々はいったい何を成し得たと言うのだ……」

「何をおっしゃいます、艦長。指揮官はどんな困難な状況にあっても、最善の方策を見つけ出せ、大局観を忘れるなと口をすっぱくして教えていただいたのは艦長ではないですか。捨て石が生き返るのです。死んだ仲間たちに代わって彼ら若い兵士たちが生きるのです。それが今成し得る最善の選択ではないでしょうか。今ならまだ間に合います。艦長、どうかご決断を！」

頭を下げた倉本砲術長の目から涙が零れ落ちた。感情むき出しの砲術長がそこにいた。

再びの長い沈黙の後、平山艦長が大きく息を吐いた。

「わかった。犬死には止めだ。我々は佐世保を目指す。決定だ。全員に伝える、生きて必ず日本に帰還すると。ただし、預かった命はまだ返すわけにはいかん。祖国の土を踏むまで命は私が預かっておく」

「か、艦長！　ありがとうございますっ」

砲術長の顔にぱっと花が咲いた。

艦長もにこりとした。が、微笑みは長くは続かなかった。下手をすれば実力行使もあり得べし。士官の心情を察すれば艦長の心が晴れるのはまだ先のことだった。

「気がかりなのは若い将校連中だ。俺以上にカッカきているからな。説得は難しいぞ。さてどうするか……」

最悪の事態も覚悟した艦長は腕組みをして動かなくなった。

抜刀

しばらくして乗組員全員が後甲板に招集された。

これからの事の展開を予感したのか、尉官クラスの若手将校たちが真っ先に集合した。そして、艦長を取り囲むように陣取り、二重三重の人垣を作った。見れば、出撃前夜、士官室で艦長にニセ英語をリクエストしラッキョー踊りを踊った彼らだった。

「みんな、ここまで良くやってくれた。戦死した者にはほんとうに済まない事をした。傷の手当もままならないが我慢してくれ」

艦長はこう言うと一拍の間合いをとり、本題を切り出した。

「単刀直入に言う。このまま沖縄に突撃を敢行すべきか、君たちの意見を聞きたい、どうだ」

「行くべし」「撃つべし」「沖縄特攻あるのみ」

将校たちは即座に反応し、口々に特攻の声を繰り返し張り上げた。

将校の一人が一歩前に出た。

「艦長、命令を遂行するのが我々の使命であります。直ちに艦を沖縄に向かわせてください。お願いしますっ」

「そうです。議論の余地などありません」

「沖縄が我々を待っています」

仲間の将校たちが一斉に後押しする。

「行けるところまで行きましょう」

「艦長、お願いします。行かせてください」

「我々に死に場所を与えてくださいっ」

「そうか、わかった、君たちの意見は沖縄に突っ込むべし、だな。それで、後ろのみんなはどうなんだ」

艦長は将校たちの背後に申し訳なさそうにしている下士官・兵たちの顔に目をやった。さっきまでひそひそ声を漏らしていた彼らだったが、艦長の問いかけに対して誰もがモジモジするだけで何も言い出さない。無理もなかった、将校たちが威圧するように兵士たちをにらみつけているのだ。

「なんだ、黙っていては分からん。遠慮するな」

すると、小谷隊の大畑さんが意を決して口を開いた。

「あの〜」

小谷さんと浦川さんが呆気に取られて大畑さんの横顔を見た。

「おう、そこ、言ってみろ」

大畑さんは背筋をぴんと伸ばした。

「は。艦長に直接口を利くなんぞ恐れ多いことでありますが、私は二番砲塔の大畑一等兵曹であります」

「おう、わかった、続けろ」

「わしゃ、涼月に艤装中からず〜っと乗っとります。ですからこの船のことは誰より知っとるつもりです。涼月は不死身であります。二度艦首をもがれて二度とも蘇りました。今も、ほらこのとおり、直撃弾を食らっても沈んどりません。よくよく強運な船です、こいつは」

「何が言いたい？　沈まないこの涼月で沖縄に向かうべきだということか」

「いいえ、その逆であります。わしらは涼月のお陰で生き残りました。死んだ連中のことを思えば、敵が憎うて憎うて仕方ありません。はらわたが煮えくり返っちょります。でも、艦内には何十人もの仲間が遺体となって日本の土に葬られるのを待っております。決して死ぬのが怖くて言っているのではありません。満身創痍の涼月が可哀相で可哀相で。二番砲塔はもう使い物にならんです。こんな状態で戦えと言われても……。気合いや勢いだけで敵を倒すのは無理っちゅうもんではないでしょうか」

「貴様あっ、兵の分際で士官の言うことに楯突く気かぁ！」

大畑さんの物言いに若い将校たちが切れた。腰の軍刀に手をかけ、一気に引き抜いた。薄暮の艦上に日本刀の刃先が幾重にも光った。

大畑さんの顔が真っ赤になった。小谷さんも浦川さんも身構えた。

平山艦長が両目をむき、抜刀の将校らを睨みつけた。

「おいおい、物騒なものは仕舞え」

語り口は穏やかだった。

「一兵卒を斬り殺してどうするつもりだ。死に場所を求める貴様らの気持ちはよおく分かる。私も同じ気持ちだ。しかしな、今はその時ではない。頭を冷やせ。我が艦は完全に戦闘力を失っている。微速後進の涼月は浮いているのがやっとだ。彼の言うとおりだとは思わんか。死ぬのも良い。しかし、ここはひとまず帰還して捲土重来を期そうではないか」

将校たちの日本刀を持つ手が震えるのがわかった。

それを見た艦長が静かに言った。

「お前たちの命は私が預かっている。出撃前にそう言ったはずだ。いいか、お前たちの命、この平山が佐世保に送り届ける。これは艦長命令だ」

大畑さんは両手を膝に当てて肩で大きく息をついた。小谷さんたちはほっとした表情を押し隠すのに必死だった。

若手将校らは反論の言葉をのど元でかみ殺して沈黙した。敬愛する艦長がよもや撤退の判断を下すとは思っていなかったのか、無念の表情を露わにした。しかし、艦長命令とあらば受け入れるしか選択肢はなく、行き場を失った負のエネルギーを必死に体内に押しとどめ耐えていた。むき身の刀を甲板に垂らし嗚咽《おえつ》する者もあった。

二つに割れた乗組員たちの心は簡単には元通りにはならなかった。

しかし、艦長命令は下ったのだ。涼月は再び進むべき航路を見出した。沖縄に直進する道から佐世保への道へ。それは特攻の花道ではなく、生き延びるための長く曲がりくねった道だった。

闇夜とサイダー

東シナ海に夜が来た。

暗闇が敗残の涼月をいや応なく包み込んだ。

沖縄を目指し一糸乱れぬ陣形で九州の東端を南下していたのは、わずか二十四時間前。それが今、涼月は沈没寸前の廃船となりはて、その涼月に夜は新たな恐怖をもたらそうとしていた。

宮田見張長と横溝伝令の二人は、臨時に設置された後部甲板の指揮所から前方の被弾箇所の様子を確認するよう命じられた。甲板には、消火用のホースや機材が散乱し足の踏み場もない。途中、赤い小さな火がチロチロと見えた。焼け焦げた機銃からだった。昼間は気が付かなかったが、火は完全には消えていなかった。

「まずいですね」

横溝さんが宮田見張長に言った。宮田見張長は軽くうなずいて先を急いだ。

結局、二番砲塔にたどり着くのに普段の二倍の時間を要した。

被弾した大穴の周辺は火山の噴火口のように盛り上がっていた。何とも形容しようのない鉄の塊によじ登った二人は、大きな破口を覗き込むなり顔を見合わせた。

鎮火したはずの炎が少しばかりだが勢いを盛り返していた。しかも右舷側は側面が吹き飛ばされていて、炎が海上から丸見えだった。

「やれやれ、参ったな」

宮田さんが鼻の頭をこすった。

「どうします?」

「どうしますも、こうしますもない……」

「これじゃあ、敵さんに、ここに居ますよって教えているようなもんですね」

「一難去ってまた一難、か」

それが宮田見張長の出した結論だった。

肩を落とした二人は成す術もなく後部甲板に引き返し、艦長らに状況を報告した。

「……以上であります」宮田さんが敬礼をし一歩下がった。

宮田さんの前には艦長と砲術長がいた。ふたりは、さっきの激論を微塵《みじん》も引きずっていなかった。

「闇夜に提灯とはこのことですね、艦長。夜では消火活動もままなりませんし」

倉本砲術長はいつもの口調にもどっていた。

「こうなれば、腹を括るしかないな。が、ものは考えようだ。火災を起こしてのろのろ走る船だ、敵も戦闘能力なしと見て仕掛けてこないかもしれん。とにかく、見張員を増員。両舷に交替で見張を立てろ。我々はこのまま後進航行を続ける」

平山艦長の指示は明快だった。しかし、艦上には、恐怖のさざなみが静かに広がっていた。人間とは不思議なものだ。死ぬ気で戦っているうちは死の恐怖を感じることはない。血が沸騰し恐怖の神経回路を遮断してくれる。ところが、いったん生き残れると分かるや、生への執着がムクムクと頭をもたげる。それに正比例して死の恐怖がフツフツと湧き上がってくるのだ。

このとき、艦上の誰もが初めて「怖い」という感情を抱き始めていた。見張員たちは微かな白波にも神経をすり減らし、見えない敵に身構えた。


そのころ二番砲塔の三人は、後部船底の食糧倉庫の前にいた。

「それにしても、度胸あったな、大畑。切り殺されてもおかしくなかったぞ」

「いやあ、火事場の馬鹿力みたいなもんですよ」

大畑さんは小谷砲員長のほめ言葉に頭を掻いた。

「森も喜んでくれただろう」と浦川さんがぼそっと言った。

「生きて帰ったら、みんなで森の家族に報告に行かねばな」

小谷さんは自分に約束するようにつぶやいた。

その時、誰かのお腹がグ〜っと鳴った。つられて他の二人のお腹も鳴った。

「腹減りましたね」

「喉も渇きましたね」

大畑さんと浦川さんが訴えた。

「生きてる証拠だ。今、なんとかしてやる」

小谷さんが大見得を切った。

「ホントですか？」

「黙って見ておれ」

「何するんですか、砲員長」

「うるさいっ、少し静かにしとれ」

小谷砲員長は浦川さんをどやしつけると、針金のようなものをポケットから取り出すと、なにやらブツクサ言いながら器用に曲げはじめた。

「これをこうしてと。そ・れ・か・ら。ここをこうやって。よおし、これで完成」

小谷さんは手製の針金細工を南京錠の鍵穴に差し込み、左右にそっと回転させた。微妙な指の動き。鍵はものの数秒でガチャンと音を立てて開いた。

「す、すごい。玄人の腕前ですね」

「おう、昔取った杵柄《きねづか》よ」

小谷さんは得意満面だ。

「へ～え。人は見かけによりませんなあ。そんなご趣味があったとは」

「あほか、趣味じゃない、ありゃ本業だよ」

大畑さんが浦川さんのおでこを小突いた。

小谷さんに促され大畑さんと浦川さんが鉄の扉を開けて電気の消えた倉庫に入っていった。

扉の外で仁王立ちになった小谷さんが奥に向かって声をかける。

「どおだ？　何か残っているか？」

「ええとですねえ、ちょっと待ってください」

浦川さんがガサゴソやっている。

「ありました、ありました。缶詰に、菓子類、それに……」

浦川さんの報告をさえぎったのは大畑さんだった。

「おおお。イチジクのシロップ漬けじゃ」

「大畑、今はそれどころじゃないだろ、自分の好物ばかりに目をやるな。とにかく今は飲み物だ」

「わしゃ、これさえあれば一週間は大丈夫じゃ」

浮かれる大畑さんの頭に、浦川さんはさっきのお返しとばかりに拳骨をお見舞いした。大畑さんはバツが悪そうにシロップの大瓶を床に降ろした。

探索はさらに奥へ。

「砲員長っ、奥にサイダーが山積みです」

浦川さんの声は、秘密の洞窟で財宝を見つけた海賊の手下のように弾んでいた。

「よおし、野郎ども、お宝を甲板まで運び上げるぞ」

「おおっ！」

気分はすっかり海賊だった。

後甲板にサイダーの木箱が音を立てて積み上げられた。サイダー瓶が乗組員の手から手へ配られた。

シュポッ、シュポッ、シュポッ。

栓を抜く音が景気よく響き渡った。兵士たちは誰も手馴れたもので、甲板のちょっとした出っ張りに王冠を当てて栓を抜く。なかには自分の歯でこじ開けるツワモノもいた。

泡立つ液体が男たちの喉を一気に駆け抜け、乾き切った胃袋になだれ込んだ。そこかしこから、ふぉうとも、ぷほうとも区別のつかない至福のため息が漏れた。

「ほれ、チビガミ、おまえも飲め」

大畑さんが栓の開いたサイダーを僕に手渡してくれた。

食道の内壁を炭酸の泡が痛いほどに刺激し、微量の糖分は胃の粘膜に吸い込まれ瞬く間に指先の細胞にまで行き渡った。体全体がしびれた。生ぬるいサイダーは、冷えたコーラの千倍うまかった。

十数時間ぶりに乗組員が一息ついた直後だった。三番砲塔の近くで叫び声が上がった。

「左九〇度、五〇〇〇メートル、魚雷接近！」

「プファッ」

大畑さんは飲みかけのサイダーを口から吹き出した。サイダーの瓶を持つ乗組員全員の手が止まった。夜の恐怖が現実になった。

「如何いたしましょうか、艦長？」

倉本砲術長がいつになく慌てているのがわかった。

「まあそう焦るな。サイダーぐらいゆっくり飲ませてくれ」

砲術長の気持ちを見透かした艦長は、ひと飲みひと飲み味わうようにサイダーを飲み干した。

「ふ〜う。そうだな。このまま進むとするか」

周りの兵たちは唖然とした。

「が、しかし……」

艦長からの指示はない。魚雷の白い航跡が涼月に迫る。

「残り二〇〇メートル」

「あと一〇〇メートル」

艦上のだれもが固唾《かたず》を飲んだ。当たれば全てが終わる。佐世保帰還の道も潰える。

すると、魚雷は後進する涼月の前方ではなく、ちぎれかけた艦首の後方十数メートルをするすると横切り、夜の海原に消えていった。

胸をなでおろす砲術長に艦長が言った。

「何もしなくてよかったんだよ。敵潜はまさか我々が微速後進しているとは思わん。一〇〇メートル超級の艦船が前を向いてそれなりの速度で進んでいるとしか考えんだろ。暗闇のなか狙いを定めて撃ったつもりが、そこには船体はなかったというわけだ。ジタバタすればかえって危ない」

「なるほど、道理ですな」

恐怖が去って、口の中にサイダーの甘さだけが残った。

漁師

涼月は夜通し後進を続けた。

見張りも手動ポンプも休むことはなかった。進路は、天空の北斗七星が唯一の頼りだった。

やがて東の水平線が白みはじめ、水平線から顔を出した朝日が見張員の顔を照らした。甲板で雑魚寝をしていたほかの兵士たちも、眠たい目をこすりながらゴソゴソと起き上がり、真正面から陽光を浴びた。平山艦長にも倉本砲術長にも朝の光は一様に降り注いだ。

僕は三番砲塔によじ登り、昇る太陽をひとり見つめた。


午前十時ごろだったと思う。

伝令の横溝さんたちが何か大声を発しながら艦内を駆け抜けていった。

「だれか漁師の経験者はおりませんかぁ」

「漁師経験者は至急、後甲板に集合してください」

「長崎や五島列島の出身者はおりませんか。後部甲板に至急参集願います」

横溝さんは首を左右に振りながら告げて回った。

後甲板には、ちょっとした人だかりができていた。

「艦長、陸地です！」

「おお、島が見えるぞっ」

涼月の遥か前方、海と空が交わる境界線上に起伏の少ない平らな小島が浮かんでいた。

「陸だ」「島だぞ」誰もが大声を上げて言い募っている。

「助かった」肩を抱き合って喜ぶ兵士たち。

はたしてあれは九州なのか。はたまた朝鮮半島のどこか、あるいは中国大陸なのか。それは誰にも分からなかった。


浦川さんは大畑さんと一緒に操舵室にいた。「いた」と言っても、手動ポンプの操作に精も根も尽き果てて折り重なるように眠りこけていたのだ。サイダー搬送の労は認められたが、ポンプ押しを免除されることはなかったというわけだ。

そこに横溝さんが息を切らしてやってきた。

「艦長命令です。漁師経験者は大至急後部甲板に集合!」

そう言い終わると、急いで別の部署に移動していった。

「……今なんか言ったか」

「ああん?」

「漁師がどうのこうのって」

「そうだったかのう」

直後、小谷砲員長が血相を変えて飛び込んできた。

「浦川、貴様、漁師だったな、ええと……確か、五島の……」

「はあ」

「やっぱり、そうか。何を寝ぼけとる、艦長がお呼びじゃ」

「ええっ?」

「急げ、浦川っ。早く早く」

小谷さんに急かされた浦川さんは訳も分からず体を起こし、寝ぼけ眼をこすりながら甲板に駆け上がっていった。

「漁師経験者は一歩前へ」砲術長の号令が響いた。

総勢五名の兵士が平山艦長の前に整列した。その中に浦川さんもいた。

「ほかでもない。君たちの経験と技量を見込んで頼みがある。あそこに見える島を知っているものはおらぬか。名乗り出てくれ。我々は九州本土に接近しているのか、それを確かめたい」

五人は、身を乗り出して前方を凝視する。

「どうだ、わかるか」

「……………」

水平線に揺らめく島影はなかなか形が定まらない。

艦長がしびれを切らしそうになったときだった。

「艦長っ」

いの一番に声を発したのは浦川さんだった。

「あ、あれは、オウシマです！」

「大島？」艦長はどこの大島かという顔をした。

「いえ、黄色い島と書いてオウシマです。五島列島の黄島であります」

「確かか？」

「は、自分は子供のころから海に出とりましたから間違いありません。ここら福江の海は庭のようなもんで」

「そうか。他の者はどうか。間違いないか？」

「そう言われりゃ確かに……」

「ああ、ありゃ黄島だ」

「そうだ、間違いない」

他の乗組員も異口同音に言った。

「そうか。よし、わかった。君たちの経験がものを言った。ありがとう。ご苦労だった」

艦長は五人の漁師に謝意を示すと、すぐさま命令を発した。

「本艦はこれより北北東に進路を取り、佐世保港を目指す」

「了解っ」

砲術長がいつになく声を張り上げた。

「艦長、我々は佐世保に向けて航行していたんですね」

「ああ。あと少しだ」

すぐそこに九州がある。手の届くところに日本がある。生きて再び祖国の地を踏むことができる。乗組員たちの心は嫌が上にも高揚した。

歓喜と桜

佐世保湾の入口は狭い。高後崎と寄船鼻に守られ、朝鮮半島や中国大陸とは東シナ海を介して直結している。

軍艦にとって、それだけ佐世保湾は良港なのだった。日露戦争時代には、ロシアの軍艦が湾内に侵入することを想定しての訓練も行われていた。台風の接近時には、湾中央の海域に船を避難させ台風をやり過ごした。

船の出入りには高後崎の監視所が睨みをきかせていた。

四月八日正午過ぎ。

監視所の見張員が沖合い二キロの地点に異様な浮遊物体を発見した。双眼鏡の倍率を最大に上げても、すぐにはそれが何なのか判別できない。軍艦のようでもあるが形がひどくいびつで、しかも艦橋らしきものが前方に見当たらない。が、ゆっくりと湾の入口を目指しているのだけは確かだった。

次第にその物体が側面を見せはじめた。煙突らしき構造物の壁面に何か描かれている。

「何だ？　あれは」

見張員は我が目を疑った。

「き、菊水の御印……」

戦闘と火災の影響でひどく煤けてはいたが、菊水の形状を見間違えるはずはない。沈没した軍艦と帰還した軍艦の情報を付き合わせれば、残っているのはただ一隻、行方不明の涼月しかない。見張員は無線機に飛びついた。

「駆逐艦涼月、高後崎西方二千メートル地点に確認」

「ばかもん、どこに目をつけておる。涼月であるはずがなかろう。撃沈されたはずだぞ」

本部はまったく取り合ってくれない。それでも見張員は喰い下がった。

「し、しかし、お言葉ではありますが、確かにあれは涼月、涼月であります。煙突に菊水のマークも確認できます。しかも、後進、後進でこちらに進んできます！」

「ほ、本当か？」

佐世保港は色めきたった。

数十分後、涼月の元へ数隻の小型船が白波を立てて急行した。そして、涼月を囲むようにゆっくりと湾の奥へと誘導していった。

涼月帰還の知らせは、港内に停泊中の艦船に瞬く間に伝えられた。第二艦隊の帰還船は駆逐艦初霜、雪風、冬月の三隻だけだった。なかでも最も喜びに沸いたのは冬月だった。

冬月は戦闘終結後、戦艦大和の乗組員らを多数救助しながらも、僚艦である涼月の捜索を最後まで行っていた。涼月が被弾し艦橋付近から噴煙を上げていることは確認されていたが、大和をはじめ仲間の救出に多くの時間を割いた。救出が終了したとき、洋上に涼月の姿はどこにも見当たらなかった。冬月は無線を打電し続けた。夜の海で信号用探照灯を四方に放ち涼月からの応答を待った。が、すべては無駄に終わった。

当時の無線記録はこう伝えている。

2235「涼月見当ラズ　先行シテアルモノト思ハル」
0005「ワレ　コシキ島付近マデ北上、捜索セルモ涼月見当ラズ。今ヨリ反転南下ス」
0123「涼月ノ情況不明ニツキ佐世保ニ向フ。時々敵潜電波ヲ感受ス」

冬月の涼月捜索は深夜にまで及んだ。無機的な打電文の行間から冬月の必死な形相が伺える。「涼月見当ラズ」と繰り返す僚艦想いの無線記録を他に知らない。

涼月は割れんばかりの歓喜で迎えられた。

停泊中の艦船の甲板には乗組員たちが鈴なりになり、異形の船に対してちぎれんばかりに手を振った。何隻もの船が霧笛を高らかに鳴らした。敵の直撃弾を受けた涼月が帰ってきた。

沈んだとばかり思っていた涼月が帰ってきた。しかも後進で。

涼月沈まず。

涼月死せず。

奇跡の生還を湾内に居合わせた誰もが自分のことのように喜んだ。

このとき、佐世保湾を囲む山々には満開の桜が咲き誇っていた。涼月の後甲板に桜の花びらが舞い降りた。艦上に集い歓迎に応える乗組員たちの肩にも降り注いだ。

横溝さんは宮田見張長らとともに直立不動の姿勢で佐世保の町並みを凝視していた。抜刀の将校たちも軍刀を腰に納め、感涙を抑えきれずにいた。

二番砲塔の面々はといえば、大畑さんと浦川さんが嫌がる小谷さんに無理やり抱き付いて奇声を発しながら飛び跳ねていた。機械室の三代原さんは湾内の様子を一目確かめると、持ち場の機械室へひっそりと降りて行った。

涙が僕の頬を伝わった。涙は汗と油を洗い流し顎までたどりついた。そして、花びらの上にぽとりと落ちた。敗残の兵たちにはあまりにも美しい春の光景だった。

湾内の歓喜は止まなかった。

だが、平山艦長にはまだやるべきことが残っていた。この厄介な船をドックに入れるまでは気を抜くことはできない。むしろここからが艦長の腕の見せ所だった。平山艦長は、倉本砲術長に各員、持ち場持ち場で全力を尽くすよう指示を出した。乗組員たちの疲労はピークに達していた。それでも、気力を奮い立たせ、神経を集中して作業に当たった。

ドック入れは困難を極めた。後進だと、わずかな舵切りで後ろに位置する艦首部分が左右に大きくブレる。ちょうどお尻を振り振り進むおもちゃのようにぎこちなく、進行方向が定まらない。

涼月は曳き船に導かれ最後の力を振り絞った。ドックに入るや否や、涼月は全身をぎしぎしときしませながら浸水し始めた。精も魂も尽き果ててゴール直後に倒れ込むマラソンランナーのように。

間一髪だった。

思わぬ水没に、乗組員たちは取るものも取りあえず陸に上がった。歴戦の兵士たちにとっても、わずか三日の航海が数か月の長旅に感じられた。放心の体を支える足下の地面は、まだ大きく揺れていた。

涼月が格納されたのは、戦艦大和が帰還するために用意されていた佐世保港最大の「四ドック」だった。涼月にとっては、誇らしくも少し照れくさい指定席だったのかもしれない。

別れ

艦長は全員の下船を確認すると、最後に凉月を降りた。

だだっ広いドックの桟橋に僕と艦長は二人だけになった。

「疲れただろ」

「いえ」

「空《から》元気を言うな……。そろそろ、潮時だ」

「…………」

「君はもう行ったほうがいい」

いつか言い渡されるような気がしていた。僕は艦長の言葉に質問で返した。

「艦長はどうするんですか」

「ん？　まだやることがある」

「…………」

「お父さんによろしく伝えてくれ。それから、おばあちゃんにもな」

「は、はい……。でも」

「でも、なんだ？」

「最後にひとつ聞いてもいいですか」

「ああ、言ってごらん」

「あのぉ、僕が学校で習った歴史によれば、このあと日本はアメリカに負けることになってます」

未来の歴史を口にした僕は、艦長の反応が少し怖かった。

「そうかもしれんな」

艦長は戦争の結末を予感しているように言った。

「それでいいんですか。それでも戦い続けるんですか」

「軍人とはそういうものだ」

「軍人はいいかもしれないけど、日本はそれでいいんですか」

「日本全体が戦っているのだ、軍人だけが戦っているわけではない」

「そうですけど」

「けど、なんだ？」

「戦争が終わるまでに、まだまだ、たくさんの日本人が死ぬんですよっ」

「そうかもしれん……。だが、始めたものは終わらせねばならん」

その後、言葉の空白があった。

「愉快だったよ」

「え？」

「お前に会えたことがだ」

「それはそうですけど。たくさん人が死んだのに、ですか」

「死ぬことを避けて生きることはできん」

「死ぬより生きるほうがいいに決まってます」

「生意気を言うな。生き抜くことと死ぬことは同じことだ」

艦長は少し寂しそうな顔をした。そして、ぼそりとつぶやいた。

「お前のいる日本はそういう国なのだな。が、生きることにかまけていると大切なものを見失ってしまう。形のあるものだけがそこにあるのではない。形のないものを見ろ。見えないのなら見えるように努力しろ。それがお前のなすべきことだ」

僕には平山艦長の言っている意味が飲み込めなかった。が、この言葉を最後に艦長の姿は徐々に薄くなっていった。いや、僕の存在が希薄になっていったのかもしれなかった。同時に、僕をこっちの世界に連れてきたあの青白い男の影がぼーっと浮かび上がった。

僕は悟った、昭和二十年に別れを告げるときが来たことを。

でも、僕には確かめなければいけないことがまだあった。あれを確かめないうちに元の世界に戻るわけにはいかない。船底に残ったあの三人の乗組員がどうなったのか、それを知る必要があった。が、もう時間は残されていなかった。

影に向かって僕は言った。

「僕はもう帰らなきゃならないんだね。わかったよ。でも、僕は知りたいんだ、あの三人がどうなったかを。後でこっそり教えてくれないか。ね、いいだろ。きっとだよ、約束だからね、絶対だよ」

青白い影が僅かにうなずいたように見えた。

直後、僕は青白い影の男の差し出す左手に倒れこみ気を失った。

再会

「おーい」

耳の奥で父の声がかすかにした。

「おーい、ぼちぼち行くぞぉ」

目を開けると、僕は駆逐艦柳の船体の後ろに置かれたコンクリートの大きな固まりの上に突っ立っていた。

頬に潮風が当たった。風が通り抜けると、体のあちこちから硝煙や汗や、そして血のにおいが立ち登ってくるのがわかった。僕のいた戦場の臭いだった。意識の半分はまだ平山艦長といっしょにあった。どうやら僕は「帰還」したらしい。

声のするほうを見ると、父の斜め前で抹茶さんが腕を大きく振っている。奥さんもこっちへおいでと手招きをしている。

(ここは、平成の日本……だよな)

僕は自分にそう言い聞かせた。父たちの様子からすると、あれからほとんど時間が経っていないようだった。

パンパンパンと服のほこりを払い落とした。それでも足りないと思い、もう一度全身を叩き終えると、僕はコンクリートの小山から飛び降りた。そして、三人に追いつこうと全力で駆け出した。その様子を確かめた父は踵を返し、フェンスの扉のほうに歩き出した。全長八〇メートルの駆逐艦柳の横を走り抜け、船首部分のところまでたどり着いた。

「なに、ぼけっとしてんだよぉ」と背中を向けたままの父が言った。

「ううん、別に」

「さ、行くぞ」父は歩みを止めようとしない。

僕は未練が残った。二度と軍艦防波堤に来れないんじゃないかと不安になった。コンクリートの下に眠る涼月を見た。見えるのは小石交じりのザラついたコンクリートの表面だけだった。と、何かが光った。僕はしゃがみ込んで地面に顔を近づけた。それは涼月の艦内でなくしたはずの缶バッジだった。半分だけ露出したピースマークが不器用に笑っていた。

工事事務所のプレハブの前で案内役の工事担当者に何度も会釈しつつ、僕たち四人は抹茶さんのクルマに乗り込んだ。

「どこ行くの？　もう帰るの？」

「いや。涼月の乗組員の人をお見舞いに行く。数少ない生き残りのおひとりなんだ。お見舞いが済めば、それで最後だ」

クルマはJR若松駅前を通り過ぎ、再び若戸大橋を渡った。北九州空港方面へ約三十分、四階建てのこじんまりした病院に到着した。休日の病院は人気もなくがらんとしていた。

病室は二階の三人部屋、手前左側のベッドにその人は眠っていた。普段、世話は娘さんがしているというが、この日は都合がつかずベッドに一人きりである。僕は抹茶さんと奥さんの間から乗組員だったという人の顔をのぞきこんだ。

そして、はっと息をのんだ。

皮膚は白く透き通り、頬の筋肉はそげ落ちて目は白濁していた。が、ベッドの老人はまぎれもなく、涼月の防空指揮所でいっしょに戦った横溝さんだった。艦長の指令を全艦に伝えていたあの人だった。僕は半歩後ずさりした。

抹茶さんが横溝さんの肩に手をやり名前を呼ぶ。が、反応がない。もう一度。

「横溝さん、涼月の平山艦長さんのお孫さんがいらっしゃってますよ」

続いて父も声をかける。

「はじめまして、平山敏夫の孫です」

横溝さんの口からかすかに声が漏れる。徐々に意識がはっきりしてきた。

「そうだ、艦長の写真をお見せしましょう」

父がバッグから古い写真を取り出し、横溝さんの眼前に掲げる。見やすいように何度か角度を変えてみる。

「平山艦長のこと、覚えてらっしゃいますか」

横溝さんは写真を間近に見ようとして、枕に埋まっていた頭を少し持ち上げた。

「無理しなくていいですよ」

横溝さんの皺の奥の両目が涙であふれた。脳裏に六十年以上前のあの日の光景が渦巻いているのがわかった。抹茶さんの奥さんがそっと横溝さんの右手を毛布から引き出した。順番に握手をした。僕も握った。

「こちらは、ひ孫さんですよ」

横溝さんの視線と僕の視線がぶつかった。横溝さんの片方の目が微かにウインクをしたように見えた。そして乾いた唇が「やあ、また会えたね」と無言で動いた。そんなはずはなかった。僕はあの時「チビガミ」だったのだ。でも、もしかしたら、横溝さんには僕の存在がわかっていたのかも知れなかった。僕は大人たちに悟られないように目だけでうなずいた。横溝さんは、少し頭を動かして周囲を見渡したあと、今度はみんなにわかるようにしっかりと声を発した。

「立派な人になるんですよ」

僕は腹の底から「はい」と応えた。

長い時間の面会は難しかった。父は抹茶さんの取り出したメモ用紙に走り書きし、枕元の棚に持参した写真とともに置いた。そして静かに病室を出た。僕にとってはつかの間の「再会」だった。

横溝さんと別れた後に僕は考えた。

(立派な人?) 横溝さんは確かにそう言った。

(でも立派って、どうなることなんだ?)

平山艦長だったら「いずれ大きくなったらわかる時が来る。それまで自分の中で暖めておけ」と諭しただろうか。人生の答えは試験の答案のように即答できるとは限らない。僕は時が満ちるまで待ってみようと思った。

すべての旅程が終わった。

父が当初目論んでいた目的が果たされたかどうかはわからない。少なくとも、父も抹茶さんも奥さんも「よかった、よかった」と喜び合ってはしゃいでいる。

病院をあとにした抹茶さんのクルマは北九州空港に向かった。洋上に浮かぶ真新しい空港へは二キロあまりの連絡橋を渡っていく。左右に広がる周防灘は穏やかで、西日を受けて水面が煌めいていた。僕にとって歴史上の二日前、戦艦大和以下、最後の帝国海軍艦隊はこの同じ海を南下していったのだ。空港に到着するまで前後に行き交う車両はほとんどなかった。空港の入口で抹茶さんらと別れを惜しみ、僕と父は旅客機に乗り込んだ。

その夜、東京地方は雷雨だった。

帰路の飛行機は羽田上空で三十分ほど待機させられた。家へは午後八時前に着いたが、母と姉は留守だった。知人のおばあさんが亡くなりお通夜に出掛けるとメールがあった。コンビニで買った弁当を父と二人で食べた。

月曜日、二学期の授業が始まった。

珍しく高橋くんは欠席だった。残念だが、銀蔵さんのことはお預けだ。

放課後が待ち遠しかった。これほど待ち遠しいと思ったことがあっただろうか。

(早く終われ、早く終われ、早く終われ)

僕は心の中で何度も呪文を唱えた。

終業のチャイムと同時に僕は教室を飛び出した。

「ちょっと、待ちなさい！　まだ終礼が終わってないわよ」

先生の制止を振り切って、僕は猛ダッシュで教室を飛び出した。

(会って確かめなくちゃ、会って確かめなくちゃ)

あの三人が二番砲塔の三人であることを。

(会ったらなんて言おう。やっぱ、「このあいだはどうも」、かな……)

そんなことを考えながら駅前商店街を突っ切る。鯛焼き屋の前に差し掛かった。横目にシャッターが降りているのが見えた。真新しい張り紙が貼ってある。

『当分の間、お休みさせていただきます』

(あれ？　どうしたんだろ。風邪でも引いたかな。謎が解けたって、女将さんに伝えようと思ったのに。でも、とにかく今は、ぼろスーが先だ)

僕はスピードを上げた。足がもつれた。転びそうになりながら、おんぼろスーパーの前についた。

が。

ぼろスーはなかった。跡形もなく消えていた。

ぼろスーといっしょに、駄菓子屋の寝たきりのおじいさんも魚屋の昌じいも八百屋の六さんも消えていた。あるのはただ、更地に立てられた不動産屋の看板だけだった。

（「売り地」って、なんだよ……）

僕は、目の前にある空き地をすぐには受け入れられなかった。

目をぎゅっと閉じてもう一度開いた。でもやっぱり、ぼろスーはなかった。

街の人々は、まるでぼろスーなんて最初から存在しなかったように商店街を行き交っていた。僕は、晩夏の空に浮かぶ雲を見上げた。空の上で三人が笑っているように見えた。

半年が過ぎた。

いくつもの模擬試験といくつもの特別講座があった。二月はじめ、僕は私立中学を受験し、第二志望の学校に合格した。入学式は四月七日だった。早咲きの桜はとっくに散り終えていた。ひと回り大きめの制服を身にまとい体育館に入場する僕の頬には、あのときの傷がくっきりと残っていた。

こうして僕は少年期に終わりを告げた。

青白い影の男はまだ現われない。

祖父・平山敏夫のこと　〜あとがきにかえて〜

母方の祖父・平山敏夫が急死したのは、私が中学一年生のときだった。

祖父とは小学校二年生のときから同居して、足掛け六年間、同じ屋根の下で過ごした。いつもタバコの匂いがしたことを子供心に覚えている。奄美出身だというのに、広島の呉での生活が長かったせいか、熱烈な広島カープファンだった。負けても負けても応援していた。いや、負ければ負けるほど応援に力が入った。野球帽と言えばジャイアンツと決まっていた小学生には不思議でならなかった。

昭和四十六年春、私の中学入学と同時に、転勤族の父親に長野への人事異動が下った。両親と妹は私と祖父母を神奈川の実家に残し、善光寺にほど近い社宅に引っ越していった。

終戦記念日の前日、私は夏休みを利用して両親の元にいた。朝八時過ぎ、父の出勤を見送ろうと、母と私が玄関口に向かったときだった。黒塗りの電話機がけたたましく鳴った。瞬間、私は直感した。「おじいちゃんが死んだ……」勘は決して鋭いほうではないし、祖父に持病があったわけでも体調を崩していたわけでもなかった。しかし、そのときばかりは母が受話器をとる前に電話の主が誰で何を伝えようとしているのかがまざまざとわかった。案の定、電話口の母の顔から血の気が失せた。死因は心筋梗塞だった。

祖母からの急報を聞き終えた母は受話器を置き、父としばらく話をしていた。

その後のことはあまりよく覚えていない。母妹と私は取る物もとりあえず国鉄長野駅から信越線に飛び乗り、父は一度会社に出向いてから後発列車で追いかけてきたように思う。実家では気が動転した祖母が近所の人たちとともに待っていた。葬儀は実家で行われ、参列者が室内に入りきらず庭にあふれた。後年、多くが海軍関係者であったと母から聞いた。

こうして、平山の戦後は二十六年で終止符を打った。享年六十五。あっけない幕切れだった。


明治三十九年四月一日、平山は父・甚四郎、母・タツの長男として、鹿児島県大島郡鎮西村諸鈍の地に生を受けた。大正十三年四月、海軍兵学校入学。昭和二年三月、海兵五十五期として同校を卒業した。以後、一貫して水雷屋の道を歩む。昭和十九年は平山にとって悲喜こもごもの一年となった。四年近い少佐時代を終えて中佐に昇格、駆逐艦早霜の艦長に着任したのも束の間、同年十月の戦闘で右足を負傷し別府海軍病院のベッドの上で年を越した。全治出勤の許可が出たのは昭和二十年二月五日、翌月十日に駆逐艦涼月の艦長として着任した。沖縄特攻のわずか一か月前、慌しい人員配置だった。

祖父が自ら戦争の話をしたことは一度もなかった。少なくとも孫の私には何ひとつ語らなかった。ただ一度だけ、いつだったか祖父がひざの傷を見せてくれたことがあった。畳の上に足を投げ出し、ズボンの裾を捲り上げると「ほれ、見てみろ」と膝小僧の黒ずんだ傷口を指差した。「ここにな、銃弾の破片が入ってる」しわだらけの老人の皮膚の下に何か異物が埋まっているのが分かった。祖母や母から、それとなく自分の祖父が海軍の軍人で勇敢に戦ったことは聞かされていた。だから、その傷が戦争の痕跡だということぐらいは、小学生にも容易に想像できた。「痛くないの？」と私が問いかけると、祖父は笑って首を横に振った。思えば、昭和十九年に負った古傷だったのか。

祖父の死後、私は心のささくれた少年となって、鬱屈した青春時代を過ごした。戦争のことも海軍のことも祖父が軍人であったことも、あの鉄片のように脳裏下に押し込んでしまった。しかし祖父にまつわるおぼろげな記憶を完全に消し去ったわけではなかった。見えない地下水脈は静かに流れ続け、四十年後、一滴の水となって地上に湧き出た。それがこの物語なのだと思っている。

物語には何人もの生みの親が必要だった。

平成二十年の初夏、インターネットの検索で軍艦防波堤の存在に辿り着いた。メールを通じて北九州の松尾敏史氏との頻回な情報交換が始まり、二か月後に軍艦防波堤への旅が実現した。元涼月乗組員の溝江美代次氏を病院に見舞い、ご家族の溝江俊介さん、菅留美子さん、古川智子さんを知るに至る。溝江美代次氏は長年にわたって「涼月会」を取りまとめてきた世話役であり、涼月乗組員の消息を手繰り寄せる縁ともなった。涼月会名簿に記載された大半の方々がすでに亡くなっていたが、それでも辛うじて存命者を見つけ出すことができた。多くは九州在住だった。佐世保を母港とする涼月には、九州各県から水兵たちが集められたからである。太田五郎氏、宮原明氏、梶原次男氏との貴重な出会いはこうして実現した。実体験に基づく肉声は六十五年の時を越えて私の心に突き刺さった。膝詰めでお話を聞いたのは、ついこの間のことである。しかし、溝江美代次氏と宮原明氏はすでに鬼籍に入ってしまわれた。この場を借りてご冥福をお祈りする。

涼月艦上での出来事は倉橋友二郎著『海ゆかば…』に依拠するところが大きい。艦橋にあって常に平山艦長に寄り添っていた倉橋少佐による詳細な記録が本書の土台を形作っている。存命であれば真っ先にお話を聞くべき方であった。

太田勘氏、水交会事務局、佐世保東山海軍基地保存会の皆さん、また何人もの涼月関係者に対し改めて感謝申し上げる。

そしてなによりも、瀧澤中氏に心より御礼を申し上げなければならない。氏の前向きで温かな叱咤激励がなければ、私ひとりで歩みを進めることは到底できなかっただろう。

最後になったが、巻末に沖縄特攻に際し戦死負傷された涼月乗組員の方々の名簿を『海ゆかば…』から転記させていただいた。御霊の安からんことを心より祈念する。

平成二十三年一月

本書を平山の曾孫に当たる平成生まれのふたりの子供たちに捧げる。

海上特別攻撃隊駆逐艦涼月の戦死者名簿

配置	分隊	階級	氏名
軍医長		海軍軍医中尉	中尾 将
	2	〃上等兵曹	永谷 辰己
射撃盤	1	同	小林 高盛
発令所（電路担当）	1	同	田島 一男
艦橋	2	同	上妻 幸円
前部単装機銃	1	一等兵曹	野崎 半治
高角砲弾庫長（一、二弾庫不明）	1	同	国場 勇
銃員（単装と思うが不明）	1	同	佐藤 勇吉
〃（〃）	1	同	与 英吉
弾庫と思われる	1	同	曽我 五郎
測距儀	1	同	杉本 盛枝
射撃盤	1	二等兵曹	山口林三郎
射撃盤	1	同	脇元 秋男
高角砲（弾庫）	1	同	清家 未光
	1	同	見原 章
機銃	1	上等水兵	浜田 優
射撃盤	1	同	上野 忠

配置	分隊	階級	氏名
機銃（配置不明）	1	二等兵曹	稲森 正吉
水中測的室	2	同	村上 守
〃	2	同	岩永 成美
	2	同	渡部 勇
水中測的室	2	同	岩切 正男
	2	同	馬場園秋光
	3	同	小林 演
発令所	1	水兵長	福田 実好
前部砲員	1	同	大西 一倶
機銃	1	同	森 清良
四番高角砲	1	同	山口 七郎
機銃	1	同	西藤 清重
左前部単装機銃	1	同	実 武則
〃	1	同	古川 辰雄
	2	同	谷川 正己
	2	一等水兵	藤川 直幸
	2	機関兵長	吉田 義雄

配置	区分	階級	氏名
機銃 前部の配置であるが機銃か砲かはっきりしない。	1	同	稲井 勝
	1	同	楠木 正義
	1	同	矢野 節夫
	1	同	野田 恵
	1	同	野原 朝珍
	1	同	井手 清
	1	一等水兵	永尾 高夫
	1	同	徳楽 正夫
	1	同	中山 義行
	1	同	上杉 一馬
	2	同	上滝 益蔵
	2	同	久保日与志
	2	上等機関兵	小川 未一
	2	同	荒毛 繁晴
	2	上等工作兵曹	河島 四郎
	2	二等工作兵曹	緒方 美男
	2	工作兵長	高木 一敏
	3	一等主計兵曹	江藤 虎蔵
	3	二等主計兵曹	幸野 正直
	3	主計兵長	城間 盛仁
	3	上等主計兵	丸山 芳則
	3	同	谷口 秀勝
	3	一等計兵	古里 辰己

五七名

海上特別攻撃隊駆逐艦涼月の戦傷者名簿（表中の○印は、戦後、発見された名簿からは判読できない個所である。）

戦傷個所	分隊	階級	氏名
顔面二度熱傷背部右下腿挫創	2	一等兵曹	山下住四郎
右下腿盲貫爆弾々片創	1	二等兵曹	名田　岩吉
腰部左右下腿○　○	1	同	川畑　俊則
顔面右上○右左前肱右左平部右大腿同下腿左膝部熱傷	2	同	玉城　前幸
右肩○関節脱臼左前顔二度熱傷	1	同	須藤　正男
右下腿挫傷	1	水兵長	上地　武
顔面右左○○前膝○背二度熱傷○	2	同	梅田　数行
顔面左右前膝右手背二度熱傷右足部挫傷	1	同	竹沢　三吉
後頭部爆弾々片創左手部熱傷	1	同	松崎　国義
左前頭部左手背爆弾々片創	1	同	中村　義明
右示指右下腿爆弾々片創	1	同	相良　定夫
左大腿挫傷	1	同	牧山　幸男
左右手部顔面熱傷	1	同	篠田　正男
胸部挫傷右大腿貫通爆弾々片創	1	水兵長	日高　実
顔面左右手背部爆弾々片創左右大腿盲貫左膝部弾片創	1	上等水兵	山下　静男
腰椎圧迫骨折	2	同	山本　峰男
左顔面左手部示指挫創腰部右膝挫傷	1	同	善明　政盛
突起部盲貫爆々片傷右前肱左右手背左大腿膝部熱傷	1	同	太渕　栄山
左関節部溝状爆弾々片創	1	同	柴山　信男
左側胸部挫傷左大腿挫傷	1	同	佐々木格夫
左手背熱傷顔面擦過傷	1	同	若竹　芳夫
顔面挫傷歯牙損傷	1	同	松本　武夫
上腹部盲貫左大腿擦過機銃弾々片傷挫熱傷	1	一等水兵	池永　春吉
右大腿盲通爆々片創	1	同	猪俣　久幸
左膝部爆弾々片創左耳損傷	1	同	多田　常盛
左膝関節部挫傷	1	同	中島　文一